公元787年，唐封疆大吏马总集集诸子精华，编著成《意
意林：始于公元787年，距今1200余年

U0507859

女生文学
小谜又 Mini Miss 出品

纯正+阳光+向上
为中国女生量身打造优质课外读物

追得上星星的女孩②

A girl who catches up with the stars

闫晓雨 著

长江出版社
CHANGJIANGPRESS

图书在版编目（CIP）数据

追得上星星的女孩. 2 / 闫晓雨著.
— 武汉：长江出版社, 2021.7
ISBN 978-7-5492-7806-0

Ⅰ.①追… Ⅱ.①闫… Ⅲ.①纪实文学—作品集—中国—当代 Ⅳ.①I25

中国版本图书馆CIP数据核字(2021)第148270号

追得上星星的女孩2
Zhui de Shang Xingxing de Nühai 2　闫晓雨◎著

出　　版	长江出版社
	（武汉市解放大道1863号）
选题策划	阿　朱　靳　丽
市场发行	长江出版社发行部
网　　址	http://www.cjpress.com.cn
责任编辑	李　恒
封面设计	胡静梅
装帧设计	刘　静
印　　刷	河北盛世彩捷印刷有限公司
版　　次	2021年7月第1版
印　　次	2021年7月第1次印刷
开　　本	880mm×1230mm　1/32
印　　张	7.5
字　　数	210千字
书　　号	ISBN 978-7-5492-7806-0
定　　价	39.90元

你追的是一个闪闪发光的世界

文◎绿 茶

我在小MM公众号上发过一篇文章，呼吁理智追星，以及正能量追星！

在追星的过程中，的确有一些粉丝会偏离追星的意义，比如在网络上为了维护自己的偶像去攻击其他明星，与其他粉丝互骂，或者超出自身经济能力去购买偶像代言的商品。甚至有人跟踪偶像，偷窥其私生活，还去干涉偶像的事业，对其指手画脚等，这些都是错误的追星方式。

每一个追星的你都要知道：你崇拜的到底是什么？你为什么会喜欢TA？你只有不断努力才能离偶像更近。

偶像也要以身作则，明白自己的言行会影响一个人，甚至无数人。

偶像带给粉丝正向的影响与力量，才是偶像的意义所在。

"追星"已成为社会探讨的问题，尤其今年选秀节目中的粉丝"打投"行为引发一系列讨论，占据各大热门话题榜。

一直以来，关于追星，社会上有太多不同的声音，有人觉得追星不过是一种消遣与娱乐，有人则对追星行为避之不及，视为"洪水猛兽"。

部分追星粉丝的疯狂极端行为一度带来不好的影响，甚至三观背离。因此，"脑残粉"这个词，成为很多人对粉丝的概论，导致很多正常追星的人陷入困惑——

有人说："我就是喜欢一个明星，为什么被骂脑残粉？"

有人说："为什么我的父母不理解我追星？"

有人说："我就是日常压力大，喜欢偶像可以带给我一丝丝慰藉，有错吗？"

这些声音让追星女孩不敢承认自己追星，甚至开微博小号偷偷喜欢着偶像。

超出经济能力去为偶像"打投"、饭圈（粉丝群体）集资等"畸形应援"究竟是谁的错呢？

其实，一棍子打死所有追星的人，的确有失公允。追星本无错，关键是，追什么样的偶像，怎么追。

偶像之所以成为偶像，是能带给你榜样的力量，TA的人格或者某方面的优秀吸引了你，比如TA对梦想的执着与追求、TA认真努力，很自律、有爱心、有才华，等等。

这些优秀之处是对你的一种投射，你希望通过自己的努力，也成为那样的人，你会学习、模仿偶像的优秀品质，不断进步。

有多少人还记得，疫情期间，"追星女孩募捐"的话题登上微博热搜。

在疫情微公益的捐款榜单上，前50位被明星后援会包揽。在自发支援武汉的民间行动中，各家粉丝集资、运送物资、公布捐款明细、对接各方资源，为疫情中心的各大医院送去支持。

前段时间的河南暴雨汛情牵动着全国人民的心，多家明星粉丝团积极参与抗洪救灾捐款，帮助河南同胞共渡难关。

做公益，是一种正能量的追星方式，以偶像之名，去散发爱。

除此之外，你可以以偶像为目标，努力向他靠近，学习他的优点与长处，在"理智"的基础上，去成为更好的自己。

而偶像也需要承担起社会责任，以向上、阳光、有担当的偶像责任去引导粉丝。

正能量的"星"与正能量追星的"粉"，都是很可爱的人呀！这才是追星的意义，也是偶像的意义。

在《追得上星星的女孩①》里，传达的就是"用正确的方式追星"的主题，我们采访了上百个追星女孩，选取了她们最具正能量的青春纪事来告诉大家，选择正确的方式追星，才能成为更好的人。

书中那句"因为你，我想成为更好的自己"也变成很多追星女孩的语录，书里极具正能量的青春纪实写到了很多追星女孩心里。

这一年来，我们得到源源不断的反馈，也收到了越来越多的正能量追星故事的投稿，我们感动于"偶像与粉丝"之间最真实也最动人的一面。能引起这么多追星女孩的共鸣，更激发我们，把更多正能量散发给更多人，甚至去影响饭圈，健康、理智追星。

曾经有人问我："这本书到底是讲什么的？"

我的回答是："它讲的是一个闪闪发光的世界，那个世界里有你，还有你的偶像。"

始终心怀美好，才能真的遇见"光"，并和你的偶像一起成为会发光的人。

目 录
CONTENTS

致追逐梦想的你

Zhi

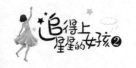

易烊千玺

——愿你永远兴致盎然地与世界交手

听过许多故事，但这一次，你是我的心事。

因为你的出现，好像所有鲜花和彩虹也一并抵达了我的世界，生活瞬间丰盈起来，所有的风花雪月都抵不过少年的笑颜。

不知道未来如何，但我想，我永远不会因为喜欢你而悔恨或者遗憾，相反，我希望这是一段美好到可以伴着午后的阳光悠悠说给别人听的过往，相信是个好故事。

一、小王子与玫瑰花

最近有个话题很容易引起年轻人共鸣。

"你有没有觉得自己的灵气消失了？"

小时候我们总是天马行空，看到蚂蚁会联想到童话王国，望向星空渴望探索宇宙奥秘，读书时容易投入，生活中也总能捕捉到细微的美好画面，很容易被触动。

但慢慢长大之后，就感觉自己的灵气消失了，与自然的联系消失了，直至变成一个普普通通的人。

所以再遇到那些充满好奇心的可爱人儿时，会觉得格外珍贵。

在得知《追得上星星的女孩②》确定要写以后，我收到了很多老朋友的联络，还有网上络绎不绝的投稿。

郑诗妍是我朋友的朋友，现在在上海，是一位读大四的学生，在采访过程中，当我问"如果用三个词来形容自己的偶像，会是什么"，她的回答是：云朵、春天、遥不可及绚烂无比的梦。

这样柔软的词汇用在易烊千玺身上恰如其分。

郑诗妍喜欢的人叫易烊千玺，从2017年5月2日喜欢到今天，已经四年了。

"最喜欢千玺身上的内敛和淡然，虽然才20岁，但其实也进娱乐圈快八年了，风风雨雨都走过来，但他宠辱不惊，还是有自己的世界。"

还是那个充满灵气，对这个世界保持着好奇心与探索欲的少年。

在易烊千玺17岁生日会，他特意安排在观众席的每一张椅子上都放了一朵红玫瑰，于是很多女孩来到现场，才会有那句在饭圈流传已久的"我人生中收到的第一朵玫瑰，来自易烊千玺"。

这样的事情千玺来做毫不违和，他的细腻像湖水一样包围在喜欢他的人周围，他的陪伴是无声却有力的作品回馈，他的爱，就像《小王子》里写道的那样：你在意的那个人正在星星上微笑，每当夜晚你仰望星空的时候，就会像是看到所有的星星都在微笑一般。

"我觉得他浪漫至极。明明是他的生日呢，收到礼物的却是我们。"

郑诗妍知道，千玺每一年的演唱会都特别用心，藏满了对粉丝的爱。

易烊千玺18岁成人礼，是在天津举办的。

"当时我们猜测了好多地方，都没人猜到是天津。"后来有人在地图上把天津的轮廓画出来，才发现形状像一只鹤，而易烊千玺的粉丝就叫千纸鹤。

他的成人礼，原来是想和所有粉丝一起度过啊！

易烊千玺19岁演唱会，在唱到《找到你是我最伟大的成功》这首歌的时候，说了一句："那么，惊喜就来了。"然后观众席的红色灯光，就组成了"找到你是我最伟大的成功"字样。

每一次都觉得是我们在奋不顾身地爱他，是我们在努力给他惊喜，但是每一次又都发现，他同样在奋不顾身爱我们。

郑诗妍说到这里觉得特别感动，其实这些年来，易烊千玺打动她的事情特别多，这样回想起来，一点一滴，仿佛青春最难忘的记忆，都与他有关。

她还记得，那是好几年前的事情，千玺的一个宣传片里有个后空翻的动作，是在别人的帮助下才完成的，粉丝们看到说："好帅啊，好想看千玺在舞台上后空翻。"于是千玺就练习了好久，那会儿他还有腰伤，但仍努力克服，最终在舞台上表演了。为了千纸鹤。

"看到他后空翻的时候，莫名有一种想哭的冲动，好像只要粉丝说出对他的期待，他就会用心去完成。"

"我们在说的时候可能没有考虑过困难程度，甚至有可能就是随口一说，但是易烊千玺看见了，他就会去做。在我们快要忘记这件事情的时候，他又把惊喜和双向的爱意带给了我们。"

他在努力追逐着自己的梦想，也在努力实现着粉丝的心愿。

郑诗妍能感觉到，千玺是十分珍惜粉丝对他的爱。

"这也让我觉得，我的爱，我的呐喊，我的心动，我的喜欢，都是有意义的。"

你在台上闪闪发光，我在台下热泪盈眶。

虽然未必能够时时刻刻与你感同身受，但能做你的最佳听众，你坚守你的热爱，我守护你和你的热爱，这些能量汇聚到一起就是偶像与粉丝的心之所向。

二、喜欢你，让我的人生更积极

其实早在2017年之前，郑诗妍就注意到了易烊千玺。

但彼时她对于易烊千玺的印象还停留在，TFBOYS里三个小男孩中不太说话的那个，虽然大家年龄相仿，但当时娱乐圈的艺人们大多数年纪都比他们大，于是郑诗妍就总觉得他们是可爱的小朋友。

然后有一天，忽然在微博上看见易烊千玺拍摄的杂志照片，郑诗妍忽然发现："天哪！我眼里的小朋友怎么突然变样了，好英气的一张脸，有棱有角的。"从那以后，她开始真正关注起千玺，刷他的社交媒体，听他的歌，追他的舞台。

"我听他唱的第一首歌是《你说》，温柔又干净到极致的声音，我当时就觉得这个男孩内心真的好温柔啊！"

那段时间刚好是郑诗妍比较低迷的一段日子，喜欢上易烊千玺之后，沉闷的生活被打开新的窗。郑诗妍不再沉溺于内心的负面情绪，而是转向观察生活中的美好瞬间，因为易烊千玺拍照很好看，郑诗妍开始爱上了摄影和修图。

说到这里，郑诗妍都忍不住开起了玩笑："我真的觉得他的照片都好好看啊，是好看到哪怕有一天我不是他的粉丝了，我也要把他当成摄影博主关注的那种。"

因为千玺，郑诗妍渐渐开始掌握拍照的各种构图、光线、参数调节之类的，还学着用不同的修图软件来修图，吸引来一大批好姐妹。她说："现在我的很多朋友都来拜托我帮她们修图。"

除了摄影以外，郑诗妍还变得喜欢写作，把自己的情绪用文字表达出来，最开始写文章只是抒发对偶像的情感，后来在文字中找

到另一个奇妙世界；喜欢的"偶像"如果说最近看了什么电影、什么书，她也会跟着去看，丰富生活的同时也增长了见识。

这些都是易烊千玺带给郑诗妍的改变。

"好像真的有因为追星变得更好哦。"

郑诗妍眼里的偶像，可以说是榜样一般的存在，首先要业务能力过关，其次是对待梦想认真努力，人品好。

"因为偶像一定会成为很多人学习的对象，尤其是现在追星的未成年人特别多，在心智尚未健全的情况下，他们就很容易学习自己喜欢的人。那么这就要求偶像可以做好青少年的榜样。我觉得这是最重要的。"

"那如果有一天你有机会见到千玺，你想对他说什么呢？"

郑诗妍不假思索，认真说了长长的一段话，像是在心里已经说了无数次——

"亲爱的易烊千玺，我很想念你，在看得见你的时候，在看不见你的时候，在听见你声音的时候，在别人提到你的时候。在每一次看到你的ins更新或者是微博终于发了新动态，我就好像又多爱了你几分。我的世界里自然有很多星辰，每一颗都在闪闪发亮才照亮了我孤寂的夜空。可你却是不同的，你会是我最明亮的那颗星。"

"我真的好喜欢你啊！喜欢你说话的语调，喜欢你久违分享的日常，喜欢你手指指向的每一条路，喜欢你踏过的四季。"

"我从来没有去过北京，但是因着你，这座城市似乎在我这里也变得生动而具体。我可以看得见那些小铺子，可以看得见公交车上的人，看得见马路两旁的树木，也看得见热气腾腾的北京的夏天。"

"我想我有一天会去北京，我想我有一天会飞奔向你。"

以一个熟悉又陌生的老朋友身份，对你说一句，你要好好的。

三、谁的青春不疯狂

　　虽然还没来过北京，但郑诗妍曾经因为易烊千玺特地去过长沙和重庆。

　　去重庆是因为千玺的公司在那儿，他小时候的一些节目也都是在重庆录制的，所以就很想去感受一下易烊千玺所经历过的"山城的夏天"。

　　长沙之行却是"冲动之旅"。

　　当时因为学业上遇到一些不太好的事情，很想要出去走一走，于是什么都没看，什么天气啊攻略啊都不管了，直接就买车票了——目的地是偶像的故乡。

　　千玺是湖南人，在长沙上过学，是郑诗妍能想到最好的疗愈之地。

　　到了那里，发现和她一起追星的姐妹们都来到了车站接她，然后一群年轻可爱的姑娘陪着她，在这个陌生却又心心念念很久的城市走过了很多条街。

　　她们坐公交车去了千玺的高中，走在那条路上，郑诗妍感觉心上像系了一个氢气球一样，快乐得快要飞起来。

　　后来，她们又想去找千玺录制《朋友请听好》那个地方看看。

　　没想到，到了附近，导航不停出错，大家绕了一圈又一圈，还是没有找到。终于在借助网上搜到的各种照片以后，找到了他们住的房子，正在这时，有人走过来对她们说："那边正在维修施工，不能过去了。"

　　那天长沙的气温是38℃，女孩们走得满头大汗。

　　"当时是有点失落，毕竟都离得那么近了，还是没办法走过

去。可是因为有鸟姐（指饭圈朋友）陪着，似乎也没那么难过。"

　　尽管这些听起来有点傻气、有点疯狂的追星故事，可能会有人特别不理解，为什么要因为一个陌生人跑那么远？对方又不知道，又不会因此感动。

　　可在少年眼里，追逐本身，即是意义，因为那个人的存在足以释怀生命中所有的不愉快，连风雨都变为成长的恩遇。

　　郑诗妍特别喜欢千玺《我乐意沉默释放内心焰火》这张专辑。

　　专辑里有首歌叫《恒温动物》，她被里面的一句歌词所打动：好事总会发生在下个转弯。

　　"因为是千玺说的，所以我坚定不移地相信着。"

　　无论眼前如何荆棘丛生，我们都将带着义无反顾的勇气，大步往前走去。

四、追星路上，不曾孤单

　　在郑诗妍看来，追星之前的生活很枯燥无味，觉得日子没什么特别值得期待的，就这么日复一日循环着走过去。

　　喜欢上千玺之后，许多平凡的日子都变得有了珍贵的意义。

　　"比如千玺出道的那一天，比如我喜欢上他的那一天，比如他生日的那一天。这些日子也存在于我的日历里，每天都倒数着，还有一百天就是千玺生日了，还有五十天，还有十天，还有一天，每一天都充满期待。"

　　在易烊千玺每年生日的时候，郑诗妍都会用心给他写下生日祝福。

　　"那时候我才意识到，原来喜欢一个人，可以写出这么美好的诗句啊！"

爱不仅让人拥有无限动力，还能挖掘出许多我们从未在意过的潜力。

除此之外，你还会因为这个有趣的灵魂，而和千千万万个同频共振的有趣灵魂相遇，偶像就像一个交会的点或者一条连接的线，因为他的存在，才让不同的世界相遇，才让来自天南海北的女孩们有了相识相知的机会——因为追星，郑诗妍还交到了生命中最好的朋友。

郑诗妍和小草是在2019年春天认识的，她们会在粉丝群里谈天说地，交流最新的兴趣爱好，也会互相推荐各种护肤品，发各种很傻的表情包。

"其实，我们只在熟悉和信任的人面前展现最真实的自己。偶尔上课迟到，偶尔在大庭广众之下摔倒，偶尔唱歌跑调破音被很多人听到，我们都不是特别完美和了不起的人，我们可能有很多缺点，我们可能脾气不好、普通话不好、成绩不好，我们可能会遇到很多糟糕或者尴尬的事情。但这样的我们，不害怕被对方看到。"

"因为我们确认，即便是这样的我们，也不会被嫌弃、被讨厌、被抛弃。你看，我们从简简单单的饭圈追星姐妹，成为互相信赖的朋友。"

虽然我们不是生活在一座城市，但会在网络上随时分享当天的心情。

一起去参加偶像的活动时，会在结束后一起在上海的马路上牵手散步，会在夏天的夜晚躺在一起，说密密麻麻的心事，直到睡着，做个香甜的美梦。

因为千玺，可以遇到小草真的是一件很幸运的事情呀！

"我工作时遇到的蠢事，我半夜睡不着的吐槽，我领到实习工资时的惊喜，我去追星现场时的快乐等，这些我想说、想做、想分

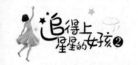

享的很多事情，都有人听。"

"我们也会约着在不同的城市一起看同一场电影，大半夜一起分享所在位置，时不时就语音联系，逢年过节接龙发红包，突然有想法了就一起换同样风格的头像，还会约着一起出去玩。"

除了小草，还有很多其他同样追千玺、同样善良的女孩和我成为朋友。

我想我永远不会忘记，我第一天去实习的时候，我的"纸鸟"姐妹给我点了奶茶。

她们会在情人节和圣诞节给我送花，在我难过的时候给我送甜点，在我委屈的时候听我哭诉，然后暖心安慰我。

"追星真的好神奇啊！明明没有太多实际交集，却彼此一点儿不陌生。因为有一个共同喜欢的人，所以总是可以聊很多。"

五、我眼中"追星的意义"

因为一个人而见到更广阔的世界，这样的经历，对郑诗妍来说，就像一个礼物，万花筒般，带她走进斑斓未来。

"如果仅仅依靠我自己的力量，我所能看见的世界实在太小了，所以会喜欢上一个遥远的但是闪闪发光的人，于是借着他的光，我们才能看见更大的世界。"

在郑诗妍看来，追星这件事情虽然常常不被他人所理解，可是只有她们知道，偶像对她们来说，不只是贴在墙上的海报，不只是手机里的壁纸，更是空白时光里最绚烂的存在，是平凡少年有梦可做的寄托，是教给她们很多美好品质的人，是这么多年回忆起来还是觉得很好很好的青春。

追星只是一个爱好而已，就像爱上一首歌、爱上一本书，本质

上，都是帮助我们变得更好的一束光。

追星不是放弃自己的生活，而是丰富自己的生活。

"无论何时，自己永远都是最重要的。"

为了《长津湖》千玺闭关拍摄了半年之久。

"不必觉得如果有一天再也见不到他了，会有多伤心难过，就先好好过好自己的生活，偶尔想念他，等着他回来就好了。"

等到花开的那一天，再见面时，我们就可以说："在等你回来的日子里，我有好好生活，有好好成长，有好好变成更好的自己，再来爱更好的你。"

无论何时，偶像和粉丝都会在彼此看不见的岁月里，好好努力，熠熠生辉。

"偶像算是我生活中的调味品，就像蛋糕上面的草莓，没有草莓的话，蛋糕依然是蛋糕，但是有草莓的话，我会觉得这样的青春更美味。"

现在的郑诗妍马上就要大学毕业了，每周都要去公司实习，忙碌又充实，周末会在宿舍里睡懒觉。天气好的日子里，会和好朋友们一起出门逛街，或者去河边随便走走，如果是晴天，便只是站在阳光下就会觉得开心了。

"啊！好像我的生活真的在往开满鲜花的地方走去啊！"

闭上眼睛，郑诗妍总是能想到舞台上那个发光的少年。

虽然他们并不相识，却在同一片天空下享受着同样的蓝天白云，对郑诗妍来说，追星的意义就是"陪伴彼此成长"。

"我喜欢易烊千玺的时候，他才17岁，是未成年的小朋友，那会儿我还没高考呢。现在我要大学毕业了，他也20岁了。他带给我正能量，令我改变真的很大。"

在第39届香港电影金像奖上，易烊千玺凭借影片《少年的你》

斩获了最佳新人奖，这个奖项既是鼓励也是肯定。郑诗妍说："才20岁的易烊千玺，取得的成绩太多、太高，我从不担心他还能突破什么，因为易烊千玺，从未让我们失望过，因为易烊千玺，总是把惊喜带到我们面前。"

而慢慢长大的郑诗妍也在自己的生活中逐渐成熟起来："以前我是一个容易烦躁、比较冲动的人，千玺的出现就像一阵温柔的春风，化解了我的很多焦躁情绪，我逐渐可以静下心来做自己的事情了。之前总会觉得生活很糟糕，但因为美好的千玺，我也有了一双发现美好细节的眼睛。还有最重要的，就是千玺是个特别勇敢的人。"

还记得上面的故事里有提到郑诗妍经历过"低迷期"，当时她还没有来到上海，不知道未来何去何从，是看着千玺一步步为了自己的梦想走进更遥远而强大的世界，她才有勇气高考报志愿来到上海的。

"我也因此勇敢地跳出舒适圈，来到陌生而遥远的城市，开启了新的生活篇章。"

现在的郑诗妍想成为真正的自己。可以为便利店里还有最爱的草莓蛋糕而高兴，也可以为了电视剧里女主角的不幸遭遇而哭泣……自由地表达，不必遮遮掩掩自己的情绪，不想成为虚假的人。也希望自己可以再勇敢一点儿、再坚定一点儿、再自信一点儿，无论面对荆棘丛林还是鲜花雨露，都可以往前走去。

采访到最后，我问郑诗妍，如果对十年后的你和千玺，说一句话，你会说什么？

她的回答是易烊千玺曾说过的那句："希望你兴致盎然地与世界交手，一直走在开满鲜花的路上。"

这大概也是给所有年轻人的祝福，愿我们在追星的路上，遇见更好的自己。

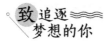

王一博

——因为热爱，方能无悔

我们所有的漂泊不安，都是为了靠近理想彼岸。

"那轰然一响，竟是星辰。"

一

去年冬天，有天晚上在回家路上经过东四环，正是北京晚高峰。

一如既往的堵车，桥下是灯火通明的车流，两侧的汽车排排对着开，尾灯亮起，一半是赤橙火焰，一半白银如雪——那个瞬间我忽然明白为什么像我这样一个看起来懒散的人会喜欢北京，是因为在这里，连孤独都是壮观的。

时间的路上，众生皆不自怜。

当晚阿燃看到我发的微博，便来和我私信聊天，说自己在北京已经打拼了七年，依然没有获得俗世意义上的成功，没有车，没有房，事业上也一筹莫展看不到什么希望。

阿燃是个小编剧，从中国传媒大学毕业后原本以为凭借不错的学历，可以平步青云，从此成为出入娱乐圈的知名编剧。然而，现实很快打碎她的梦。在这个看起来光鲜亮丽的行业里，多的是寂寂无闻的编剧，大多名校出身，大多努力拼命，如果你自身不是有足够突出的能力和作品，很难一下子出人头地。

"这些年来，我在北京最大的感受就是如你所说，虽然有诸多迷茫、难过，但并不感觉孤独。因为在这里大家都是追梦的年轻人。"

"但在去年夏天，我曾一度怀疑自我，甚至有了离开北京的打算。"

阿燃说她已经不是20岁出头的年纪了，那个带着一腔孤勇，面对南墙仍有着义无反顾的决心，哪怕得不到命运的温柔反馈也不会觉得伤心的小女孩了。现在的她，已经28岁，要面临房租的压力、父母的催婚、激烈的工作竞争，还有身边同龄人冷不丁"暴富"或"创业成功"这种鲜明案例作为对比，大家都是普通人，很容易感受到这种来自年龄的焦虑。

大龄女青年到底要不要留在北京继续追梦？

究竟是选择大城市的一张床，还是小城市的一间房？

这是彼时的阿燃需要面对的选择，一边是留在北京，继续为了遥遥无期的梦想而努力，一边是选择回老家，安安稳稳去过自己的小日子。

"我当时真的不知道该怎么选择，虽然所有人都说回老家不会这么累，但我真的不甘心，我不想放弃自己的理想，也不愿意这么多年的努力都化作泡影……"就在阿燃感到踌躇无措的那段时间，她刚好看到了由王一博和其他几位导师共同发起参与的热血逐梦类综艺节目——《这！就是街舞3》。

阿燃当然不是第一次认识王一博。

只是印象中的少年沉默内敛，但在这个节目上异常活跃，可以说完全处于一种放飞自我的兴奋状态，是个"很不一样的王一博"。尤其是遇见有实力的舞者，他会因为欣赏选手的精湛舞技而尖叫，也会因为看到了完美流畅的动作而瞳孔微微放大，王一博的眼睛里真的有光，满满的都是热爱。

阿燃是从这档节目开始喜欢王一博的，喜欢他对于自己所热爱的执着，喜欢他强大的学习能力和适应能力，喜欢他的清醒，喜欢他的谦逊，更喜欢他刻在骨子里的坚持。

在动漫《银魂》里有一个非常经典的角色，一个常年失业，看起来一事无成，甚至有点落魄的废柴大叔曾说过这样一段话："人啊，根据重新振作的方法，大概可以分为两种。一种是看着比自己卑微的东西，找寻垫底的借以自慰。另一种是，看着比自己伟大的东西，狠狠地踢醒毫无气度的自己。"阿燃就属于后者。

当她了解了王一博的过去，知晓他在追梦路上遭遇的种种困难以后，内心的火种仿佛被再次点燃。

你只有真正赢过，才好意思说你不在乎输赢。

"虽然现在的王一博看起来风光无限，被许多人称作偶像，但在他成名以前，真的就是娱乐圈那种比较边缘的艺人，没什么存在感。"

"他能走到今天，被这么多年轻人喜欢，靠的就是自己那股不服输的劲儿。"

那我为什么不能再给自己一次机会呢？

静下心来思考了许多的阿燃，恐惧与迷茫逐渐消散，她仔细分析了留在北京和回老家的利弊，最终还是决定再给自己几年时间，去努力尝试，追逐梦想。

❧

二

"偶像和朋友一样，都要找那种让自己变得更好的人。"这是我在采访过程中和阿燃得出的一致结论。

王一博的粉丝很多，有人喜欢他俊朗的少年模样，有人喜欢他

在舞台上闪闪发光的样子，有人为他所饰演的角色着迷，有人被他追求街舞和赛车的热血所打动，还有的人或许没怎么关注过他的作品，却因为他时不时流露出来的乐观、赤诚和纯善所吸引……但总的来说，真正让大家对这个年轻人产生情感共鸣的，还是他的个人魅力。

王一博的第一条微博发布在2015年2月1日。

他写道："又一个不能和爸爸妈妈在一起的春节就要到了……just a little sad."配图是他独自走在飘洒着雪花的黑夜里。

我想，那个时候的他一定也很难，很辛苦吧。

在王一博的少年时代，他就是一个相较于同龄人更独立的男孩子。因为父母工作繁忙，他从小学五年级开始，就经常自己待着。自己和自己玩，自己照顾自己，他从来不觉得无聊。陪伴他的是数不尽的兴趣爱好，小时候的他，可以说"把自己感兴趣的东西都学了个遍"。

喜欢上街舞，纯属偶然。

一次生病住院，他在医院里输液，当时病房的电视里放着一档名为《动感地带》的舞蹈选秀比赛，王一博瞬间被他们帅气潇洒的舞蹈动作所吸引，之后便求着母亲给他报了舞蹈班。

比起其他舞蹈，小男孩学Breaking（地板舞）难度会稍高一些，需要拉筋，需要反复练习。不是没有觉得痛和辛苦的时候，但王一博从来没有哭过。

读六年级的时候，他被诊断患有心肌炎，医生嘱咐他尽量少剧烈运动，等到身体刚刚恢复，他就迫不及待跑到舞蹈练习室接着学习，整个暑假都泡在那里，每天从下午一点跳到晚上九点，一节课连着一节课地上。别的小孩子会偷懒，会埋怨练舞辛苦，王一博却觉得，"跳舞对我来说是一种放松的方式，我很享受沉浸在音乐中

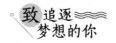

的过程。"

"就越跳越开心，停不住了，不知道为什么，就一直跳。"

正是这颗根植于少年心中的热血种子，督促着他一路成长，一路追求所爱。

2011年，王一博参加了IBD全国街舞挑战赛，并进入了Hip-hop组河南省16强。当时他只有13岁，舞蹈老师在冬天陪着他从洛阳坐高铁来到了北京，第一次来到大城市的王一博并未对这里产生憧憬，只是他听说这里有更多的舞蹈机会，才心生向往。

后来他签约了经纪公司，决定远赴异国他乡做练习生。

那四年多的日子，他每天都在拼命练习，经常会熬到凌晨三四点。

累是累了点，但用他的话说："就当出去玩了，重要的是能够去做自己喜欢的事情，就不会觉得孤独。"

阿燃讲到这里，拼命点头，表示认同。

"我很理解他，我写剧本的时候就是这种感觉，一个人待在房间里面对一台电脑，哪怕再枯燥，再烦闷，也会沉浸在笔下的人物世界里，跟着他们感受不同的悲欢离合。所以前些年，我写的一些剧本被出品方临时告知不能用或者无人问津的时候，我都会在伤心过后，依然选择全力以赴。"

"能支持我们一直去做别人眼里很辛苦的事情的，只有'喜欢'两个字。"

王一博回国以后，并没有立刻声名大噪。

他加入了综艺节目《天天向上》，以"天天兄弟"的身份做主持人，有时候整期节目播下来，观众们都很难听到他的声音。

彼时的他还是一个小透明，偶尔会有网友评价他"像个花瓶，没有实力"。

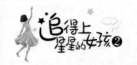

面对外界的争议，作为哥哥的汪涵曾给王一博建议："做人需向宽处行，做事要往深处去，这句话是说年轻人不要给自己设限，坚定自己的目标，以更包容的角度往更长远的方向去看，脚踏实地走好眼下每一步。"

王一博从此便专注于提升自我，拼命练舞，苦修演技。

在纪录片《王一博的B面人生》中，王一博面对镜头说，打破"花瓶"的方法，是保持前行，不断去尝试，跨越一个接一个边界。

直到2018年王一博出演古装剧《陈情令》，凭借着蓝忘机这个角色，令无数观众记住了他。他把蓝忘机的隐忍、温柔、重情重义诠释得恰如其分，令人惊艳。

看似一夜爆红的背后不无缘由。

精读剧本，反复去揣摩角色的内心，整个剧组顶着高温酷暑横跨多地高强度拍摄，有一次，在贵州的拍摄剧组里，半夜突然呕吐头晕被送进了医院，等到身体好转后，他马上返回剧组，坚持开工。

在接受记者采访时，他提到自己双唇的肌肉发育天生不是很完善，在日常交流中，其实会多多少少有一些闭口音，平时交流没有大碍，但作为演员就需要想办法去调整、解决，于是王一博在询问过专业人士后，选择了用咬筷子锻炼唇部肌肉的方式去改善这种情况，练习过程中咬坏了好几根筷子。

"听起来有点笨吧，但这就是真实努力的一博啊！"

现在，王一博对自己的要求更严苛了些，在出演刑侦电视剧《冰雨火》中的缉毒警察陈宇时，他为了更好地融入角色，去增了肌、剪短了头发，下载了许多的相关纪录片去了解缉毒警察的生活，还特意实地拜访了一些缉毒警察，学习持枪和用枪，想要更真

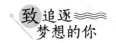

实、深入地了解这些伟大的人民缉毒警察。

在边境线上，他听过许多关于民警乔装卧底的故事，也亲眼见过警察身上深浅不一的伤疤。

在拍摄过程中他对于这个职业充满敬畏。

阿燃说："其实我们真没什么好抱怨的，你在熬夜加班的时候，有人比你睡得更晚，你在自以为很努力的时候，有人比你付出得多十倍百倍，我们每个人都要为自己选择的成长道路付出代价，每个人也应该对别人的职业、别人的生活多些敬畏与理解。"

每次有记者问王一博工作累不累这种问题时，他总是云淡风轻地回答："不累，还好。"

眼神中透露出一股"这些都是正常的经历，不值得抱怨"的坦然之意。

三

2021年，是王一博进入娱乐圈的第七个年头，也是阿燃北漂的第七年。

这七年来他们经历着各自人生路上的种种境遇，有过低谷时的绝望，但仍愿意为梦想高歌欢唱。

"我怕真正喜欢王一博，可以称之为追星的时光，并不算长。"

"但他带给我的力量无比强大。"

好的偶像，应该是粉丝通过你可以看到"你眼里的世界"，而不是通过你，只能"看到你的世界"。

我们喜欢一个人，本质上是喜欢他的世界观和价值观。

偶像的存在，某种程度上很像一个滤镜，你的过去，你的阅历，你的故事，你的内心，你整个人散发出的能量场，决定了这个

滤镜的颜色。美好的滤镜带给人的是心之向往，负面的滤镜带给人的是吞噬与毁灭。

王一博带给阿燃的是，让她原本灰扑扑的青春变得无比明亮的滤镜。外面的世界越嘈杂，我们就越要保持内心的宁静与专注。

2017年，王一博第一次接触到摩托车赛车，两年时间里，从业余到职业再到比赛夺冠，有过受伤，有过呐喊，经历过初次比赛时遭遇熄火的痛苦与不甘，也体会过拿奖时的热血与狂欢。

那时候，赛车手马里奥·安德烈蒂（Mario Andretti）的故事支撑着王一博。也算是印证了那句"偶像也曾受到过自己偶像的积极影响"，王一博被自己偶像的热血和坚持所打动，那种对热爱永无止境的挑战，也是他一贯风格，在面对赛场上的突发状况时他说："尽力去处理，尽力去处理人生丢给你的难题，然后，试一次，再试一次。"

连他的摩托车赛车教练都评价王一博："他就是挺好强的那种人，所以他会不停地突破自己的时间，突破自己的能力。"

无论是演戏、街舞还是赛车，王一博对于自己喜欢的事情，都有着一份难得的坚韧之心，永远都在挑战成为更好的自己。

他说："喜欢的事，自然会想去进步。"

喜欢上王一博以后，阿燃的心态变化了很多，以前总想着快点写出一部好的作品，最好是有投资，大制作，能够靠这部片子在这个圈子里站住脚，现在不会去想这些了，只想专注做好眼前的事情，把每一个剧本都打磨得精细完善，使每一个角色都更加饱满、能够展现出人性的层次感。

"一部没反响，我就写两部、三部、十部、一百部，总有一天我写的东西会被更多人看见。"

作家格拉德威尔曾在《异类》中说过："1万小时的锤炼，是

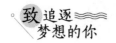

任何人从平凡变成世界级大师的必要条件。"

这个"一万小时定律"放在任何行业任何人身上，都同样受用。王一博如是，阿燃如是。

说来很巧，就在去年冬天阿燃给我发微博讲述了她曲折的北漂故事以后，她之前的某部作品，突然被制作方看中，然后有公司联系到她，说想要合作拍一部院线电影。

重点是，以前阿燃总是作为幕后的写手编剧，连名都不能署。

这次是她自己的独立项目。制作方很肯定地告诉她："我们会在总编剧处署上你的名字。"

现在，这部片子刚刚进入筹备阶段，阿燃说其实她并不知道这部片子的未来到底如何，会不会出现意外，但无论如何，这件事带给她的鼓励，是令她意识到"自己所做的事情是有价值的、会被大家认同的"。

"我想，我以后会像王一博那样，在梦想这条路上坚持下去的。我想，等我强大了，有更多的话语权，是不是就可以点名让王一博演我的剧本男主角呢！"

唯有热爱可抵漫长岁月，梦也要勇敢去做。

人生中总会有许多这样的时刻。

你失魂落魄，而世界悄然无息，唯有自己才是陪伴。

你披星戴月，而天地沉默不语，只有孤独得以慰藉。

说到底，青春路上总能遇到不同的分岔口，能够支撑我们去做出正确选择的只有自己的心，问问自己到底想做什么，想拥有怎样的人生，因为喜欢，方能无悔。

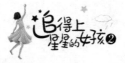

蔡徐坤

——先赢前程，再去见你

只要有想见的人，就不再是孤身一人了。

——《夏目友人帐》

一

从所谓的流量明星到实力派艺人，从全网黑到逐渐被大众认可。

从2018年4月6日出道到现在。蔡徐坤用他自己的故事，亲身诠释了什么叫作"时间会给出答案"，这三年，蔡徐坤可能经历了许多人一生都不会遇到的跌宕起伏。

"可他始终干净得就好像从未受过伤害一样。"17岁的粉象姑娘提到蔡徐坤，就像聊起自己身边的一位老朋友般，言语之间充满心疼。她和我提起蔡徐坤，关于他的追梦故事，他在荧幕之外面对粉丝时的绅士与温柔，藏在他歌词里那充满活力的灵魂，她还和我说起她的偶像是如何热爱天边的云彩和路边的小猫，他的心，纯粹如水晶，无论经历什么，依然保持着少年最初的模样。

粉象姑娘最欣赏的，就是偶像蔡徐坤对于生命与梦想那种本能的热爱。面对误解，他不说，只默默做好眼前事，靠实力回击。

面对外界贴给他的各种标签，他不纠结于此，依然用自己喜欢的方式去表达。他的专注、宁静与谦卑，成为身处娱乐圈的一道屏障，任凭外面风雨交加，他亦能在自己的小小世界里找到令其沉醉的美好事物。

面对争议，蔡徐坤十分坦然："人与人之间的交流其实是不断深入的。每一刻的我其实都是真实的，只是被看到的角度不一样。"而作为一路跟随他成长的粉象姑娘，可以接受任何角度的蔡徐坤，因为了解，所以信任，三年的时间不长不短，刚刚够我们好好成长。

2018年，蔡徐坤以全民票选第一的名次从偶像男团竞演真人秀《偶像练习生》中脱颖而出，顺利成团，C位出道，并担任男团队长。此后他的人生轨迹就像陀螺，飞速转动，几乎没有停下来的时刻。全年工作紧张，几乎没有休假，无时无刻不在外界的关注和镜头里。

"我刚开始关注他，还在读初中，那个时候班里有不少同学追星。但面对蔡徐坤，老实说，身边有喜欢他的人也有讨厌他的人，我记得很清楚，当时班里有个男同学说，蔡徐坤这样的'小鲜肉'肯定火不过两年就悄无声息了。"

"他们的心里住了妖魔鬼怪，才会觉得天使奇怪。很多不了解蔡徐坤的人，当时觉得他能出道，靠的就是颜值。"

他并不是踏着康庄大道直接摘走王冠的贵族骑士，相反，他是从一个很普通的新手村，拿着一柄木剑，不断与怪兽搏斗，一路跌跌撞撞逐渐找到与这个世界的相处之法，凭借着不俗的实力和坚毅的内心，才站到了这里，为梦想加冕。

蔡徐坤从10岁开始就有了梦想的种子，13岁参加《向上吧！少年》被淘汰，16岁远走他乡去美国留学，17岁时鼓起勇气参加《星动亚洲》，19岁时参加《偶像练习生》，最后出道。

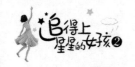

看得到的是万人中央的星光，看不到的是少年沿途踏过的风浪。蔡徐坤一路走来什么都靠自己，这点最是难得。

长得帅的人很多，但能抓住机会C位出道的人绝不仅仅只有颜值。粉象姑娘很清楚，蔡徐坤具备专业的技能、素养和成熟的心智，没有后台又如何？没有资源又如何？这个时代就是会犒劳足够努力的人，再多喧嚣声都依旧挡不住他的耀眼，粉丝的断层投票使得民意最终战胜资本。

那个夏天，蔡徐坤的出道，诠释了平凡少年也能追梦的无限可能。

"他的笑，他的温柔，像一束光，照进了我的生活。在了解他的经历后，我决心要像他一样努力，成为一个像他一样优秀的人。"

初一上学期，粉象离开自己的小镇来到杭州求学，班级里大多是市里的孩子，她第一次意识到自己是和别人有差距的。同龄女孩有的漂亮裙子和精致发卡，她没有。在节假日过后其他同学聊起出国旅行的经历时，粉象会偷偷藏起自己从老家带来，原本要分给同学们的土特产。

在蔡徐坤出现之前的几个月，粉象就是班级里的小透明。她不愿意和任何人接触。偶尔面对同学们嘲笑她土气的话语，她只会在家偷偷哭鼻子。

"我以前是一个很敏感、很脆弱的女孩，别人一句玩笑话就可以让我伤心好久，我很在意别人的看法，所以刚到杭州上学时，我的成绩很差。"

可自从看《偶像练习生》喜欢上蔡徐坤以后，她慢慢学会了释怀，虽然内心还是会自卑，但面对旁人的评价，她逐渐没那么在意了。她只想好好学习，让自己变得强大起来。

像她的偶像一样，清醒而独立。有人说，任何心灵的成熟，都必须经过寂寞的洗礼和孤独的磨炼。

这三年，蔡徐坤专注于制作原创音乐，亲自操刀剪音频、MV，发表了几十首音乐，荣获了2019年华人歌曲排行榜年度金曲等奖项，而粉象也通过自己的努力，证明小镇姑娘并不比大城市里的孩子差。她的成绩从中下游变成班里固定的前五名。

在粉象姑娘看来，偶像不应该只是一个名称，而是能够真正带领粉丝去做有意义的事情，可以向粉丝传递正确的价值观。

"蔡徐坤或许不是最好的明星，但他一定是我最好的偶像。"因为他身体力行地证明，一个人，只要够努力，就能走出青春的困局。

二

粉象姑娘有一部很喜欢的动漫叫《夏目友人帐》。

里面有句台词是："我必须承认生命中大部分时光是属于孤独的，努力成长，是在孤独中可以进行的最好的游戏。"放在蔡徐坤和她身上大概是最好的写照。

2020年年初，蔡徐坤发布了歌曲《情人》，成为大街小巷播放的背景音乐。在蔡徐坤的《情人》获得年度十大金曲那天，粉象姑娘的考试成绩刚好出来，那次期末考试，她考了年级第八名，连让她最发愁的英语居然都拿了高分。虽然在班级里她仍然是一个不起眼、不善言辞的普通同学，但在她的好成绩和不卑不亢的为人处世下，也慢慢有了越来越多的知心朋友。

同时她开始学着享受孤独，爱上沉浸在努力的过程中。远离父母，书籍就是她最好的陪伴。生活清贫，她就把白衬衣洗得干干净净。

　　缺少旅行和外出的机会，就通过互联网平台和文艺作品，感受更大的世界。渐渐地，粉象姑娘不再和任何人攀比，她只想通过自己的努力，成为更优秀的人。

　　当看着自己的偶像站在台上颁奖时说"不好意思，又是我"，她忍不住笑出声。你看啊，粉丝和偶像虽然并不认识，但他们一起进步的步伐，依然很动人。

　　"我这几年都很努力，连我和妈妈视频的时候，她都会开玩笑说，觉得我这十几年都没有这么努力过。"这些，都是追星带给粉象最好的礼物，让她找到生活的动力。

　　初中时的粉象姑娘，远没有其他同学恨不得把自家偶像写在脸上的疯狂，她只是听到有人说喜欢蔡徐坤的时候，会悄悄凑上去，假装不在意，但是内心波涛汹涌，为自己的偶像感到骄傲。

　　每天学习特别累的时候，就打开手机相册，看看他的照片，看看他在舞台上闪闪发光的模样，然后对自己说："你喜欢的人这么优秀，你也不能差哦。"

　　粉象姑娘打开手机给我看，关于蔡徐坤的一切都被她单独建了一个相册，起名为"星星所在的方向"，在她看来，翻山越岭地追星并非只是为了朝那个人奔赴而去，更重要的是，在这片星空之下，因为你，我找到了属于自己的人生方向。

　　"往后千山万水，我一个人都不再害怕，可能这就是偶像的力量吧。每当自己坚持不下去，躺在床上想着'不如做条咸鱼'时，就会想起蔡徐坤，他为了自己的梦想吃了多少苦，付出了多少常人难以想象的努力，就一下子热血沸腾起来！"

　　蔡徐坤说："暴雨下不了一整晚，狂风也刮不了一早晨，我相信，只要努力付出，就一定会有回报。"

　　"是的，我得到了我的回报。"因为粉象姑娘在初中时曾经参加过多次奥数比赛和作文大赛，还曾代表学校去市里打辩论赛，中考之前，就有重点高中朝她抛来了橄榄枝。说起这些，粉象姑娘忍不住感谢起蔡徐坤，最好的追星就是双向奔赴，奔赴每个人更好的人生。

"先赢前程，再去见你。希望彼时，我们都是自己最喜欢的样子。"

"青春就是不辜负你喜欢的人和事。"

还记得2016年蔡徐坤发过这样一条微博，照片中的他，身着一袭白衣，站在海边，眼神倔强，当时的他还没火。

回头来看，命运所有的彩蛋其实都有铺垫。

"只有我们很相信的东西，才有可能反过来选中我们，蔡徐坤的追梦故事就是最好的验证。"

在采访过程中，我问粉象姑娘，为什么这么喜欢蔡徐坤。

她告诉我，很多人最初对蔡徐坤的印象，可能就是"小鲜肉"，长得精致好看，靠着一副好皮囊，容易讨年轻女孩子们的喜欢。

"事实上，我喜欢他，并非因为他的颜值或人设，可能很多人都不了解这个男孩子，他真的特别有才华，无论《偶像练习生》舞台上展现出的专业水准，还是出道以来自己操刀的各项音乐作品，都能看出，他是一位有自我、有态度的艺人，并非很多人刻板印象里随便唱唱跳跳就出道的流量明星。他不是被包装出来的，而是完全靠着自己，走到了如今的位置。"

在明星之外，我更愿意把他称为歌手和舞者，甚至创作者。他对于词曲创作有着一套自己的心得。在接受某杂志的媒体采访中，记者问道："你知道你会很辛苦吗？"

"我知道。"他说，继而又表达自己对梦想的笃定与执着，"舞台就是我的食品、我的面包、我的精神食粮。"

过去，很多人认为，舞台就是帮助艺人展现自我的平台——而对于蔡徐坤来说，他不是为了站上舞台而努力，而是更加追求舞台本身、作品本身的价值，他并没有把舞台看成宣传、展示偶像魅力的一个华丽的橱窗，甚至他站上舞台，就会忘记自己是蔡徐坤，他要做的是珍惜每一个舞台，为大家带来足够有诚意的视听盛宴。他爱的是舞台本身、梦想本身，而不是舞台和梦想给他带来的名利与掌声。

"我也是因为他，才开始重新审视'努力'这个词，我们学习并不一定是为了考出好成绩，而是在这个过程中消化、吸收知识，这是最重要的。无论读书，还是追星，本质上，都是帮助我们更好地了解自己。"

就像舞台上的蔡徐坤，会画眼线，会用前卫先锋的造型为表演加分，不是为了博眼球，而是出于"我认为那是对的，那个就是我自己。当然，在很多人眼里这些都不是聪明的决定，他们会问我，蔡徐坤，你为什么不主流一点？跟着大家，大家怎么样你就怎么样呗。我觉得，大家都一样，有什么意思"。

为什么要做一个去满足别人的大人呢？

无论偶像还是粉丝，我们都不该活在别人的期待里，在所有的社会角色之外，我们要记得，我们除了是谁谁的女儿，谁谁的学生，更重要的是"我是我自己"，我将永远忠于我自己。

三

《奇葩说》里的李佳洁说："偶像，TA给我建立了一个我世界里的乌托邦。我活在现实世界里，我要面对很多很真实的东西。

但现在有一个人，TA每天都在努力实现那个梦想，那个梦想我没能力去实现。可是我今天看着TA越来越好，我相信，我的梦想有一天也会实现的。我们正因为陌生，正因为有这份距离，我们这份力量才是纯一不杂的力量。"

总有人说粉丝为偶像们付出了很多，为他们打榜、做应援，是粉丝的力量让他们的偶像被更多人知道，但是偶像甚至不认识他们中的任何一个人，这样的追星有什么意义？

粉象姑娘说："我们的喜欢并不在于想要认识整个人，而是在彼此努力的过程中，互相依偎取暖，是他的存在，让我知道努力的重要性。"

偶像带给粉丝的，除了作品，更多的还是光明和力量。所以蔡徐坤的粉丝联合声明退出微博各项数据榜单的竞争，将会把重心放在关注艺人的作品和舞台，数据重心转移到舞台、音乐、时尚等。

"他还很年轻，我相信他一定会越来越好的。我们IKUN也在成长，一起做公益，一起为自己的梦想而努力，一起变成更好的人。"

采访接近尾声。我最后鼓起勇气问了一个比较犀利的问题："你有没有想过，什么情况下自己会脱粉？"

粉象姑娘犹豫了片刻，回答道："想过。当他本人确实做了有违法律与道德的事情时，但我相信，这种事不会发生。"

因为粉象姑娘永远记得蔡徐坤曾经说过自己的价值观："我是有过沉寂的人，所以我会珍惜。"

龚 俊

——笨拙而热烈地喜欢着你

这世上聪明人已很多，我只希望你快乐，无畏，做自己，爱恨都纯粹。

一

如果只能用两个字来形容自己喜欢的人，你会怎么形容？

兔小星的回答是"纯粹"。

我们对偶像的喜欢，不仅出于崇拜，更是钟情于他们无言生长的本质。

龚俊身上的温润之气，灵敏而开朗，和印象中浑浊僵硬的成人世界完全不同。从"查无此人"到一夜爆红，2021年的龚俊如同娱乐圈杀出的一匹黑马，他站在镜头前憨憨的笑容、纯真的眼神，即便唱歌跑调也依然真实做自己，完全一副赤诚的少年模样。很难想象吧？在娱乐圈，有一个人通往成功的秘诀是，保持天真。

兔小星说她以前从来没有追过星。龚俊，是她喜欢的第一个艺人，她说："我觉得他就是一个不像明星的明星，不像偶像的偶像，他很真实，会暴露自己的弱点和缺点，也没有什么包袱，从不避讳自己小透明时期的默默无闻，哪怕知名度高了之后也坦然如昨，还是做着自己原本要做的事情。"

　　"他很真诚，无论演戏、生活还是交朋友，谁拒绝得了一个真诚的人呢？而且，因为龚俊，我居然喜欢上了古诗词。"

　　兔小星今年读高二，她从小到大最讨厌的就是阅读和写作文。

　　"说出来有点儿丢人……我从小一看书就困，每次老师让背诵课本上的文言文和诗词，我都觉得特别头疼，可能就是无法代入。"她吐了吐舌头，不好意思地说。

　　直到今年春天，她看了龚俊主演的一部古装侠客剧，少年意气风发，江湖危机四起，在这个既充满博弈又充满柔情的古装世界里，兔小星为剧情的环环相扣、演员们酣畅淋漓的演技所折服，其中极具古典诗意的古诗文台词也扮演了重要的角色，足够带给观众沉浸式追剧体验。

　　龚俊所饰演的温客行，翩翩如玉，手执折扇，每次脱口而出的诗句，都令兔小星感慨"我们中国文化真是出神入化啊"！

　　"沧浪之水清兮，可以濯我缨；沧浪之水浊兮，可以濯我足。"这句出自屈原《楚辞·渔父》中的《沧浪歌》，讲的是春秋战国时期，楚国三闾大夫屈原被流放之时，游经沧浪水时，偶遇渔父，倾吐自己心中的诸多烦闷，渔父便唱了一首《沧浪歌》来启发屈原如何面对现实，缓解心中迷惘——那句诗词的原意是，当沧浪之水清的时候就洗我的冠发，沧浪之水浊的时候就洗我的脚。

　　这传递了一种更为平和的价值观，为人处世，要懂得平衡生命中所遇到的不同境遇，顺境时放声高歌，逆境时亦不必过分沉溺，世事跌宕，如水而过，不过都是一场体验。

　　剧中的温客行也是经历颇多，兜兜转转，最后才明白，人活着只求问心无愧，无须过分苛责自己。

　　"我还把剧中龚俊台词里那些动人的诗词，都摘抄在了笔记本上。"

剧中，温客行有一句台词，"倾盖如故，白首如新"。这句话后来兔小星特意去查了古典，出自《史记·鲁仲连邹阳列传》，是《狱中上梁王书》中邹阳的一句话——语曰："有白头如新，倾盖如故。"意思是，有人相识到老也互不了解，有人初次见面却一见如故。

"我觉得粉丝和偶像其实就是这种关系。"我们这一生，也许会碰到许多人，说许多话，但真正能感受到彼此灵魂的呼吸，走进内心的人，实则寥寥无几。

兔小星平时也追剧、看综艺，喜欢和朋友们讨论娱乐圈动态，经常在微博和短视频平台上刷到样貌精致的艺人，但看过也就忘了，偶尔遇到喜欢的电视剧当时追得很热情，过后也都不了了之。她还是第一次因为一个角色而关注一个人，因为一个人而爱上古诗词，继而开始真正有动力为了自己喜欢的那个人，变得更好。

那段时间，兔小星一边追剧一边把家里的藏书看了个遍。她还跑到学校图书馆去借阅各种古诗词，从《诗经》到《楚辞》，从唐诗到宋词，从前课本里那些毫无生机的文字都变得鲜活灵动起来，她发现，原来对于诗词重要的不是背诵，而是理解，将自己代入那个情境里，自然能够识得个中滋味。

"天上浮云如白衣，斯须改变如苍狗。古往今来共一时，人生万事无不有。"此句出自杜甫《可叹》一诗，当时在看电视剧的时候，兔小星就很喜欢，但有一些听不明白，后来去查了查，才知道字面意思是，天上的浮云分明像件清白干净的衣服，一会儿却变成一只灰毛狗的样子了，从古到今都是这样，人生道路上形形色色的事儿哪样都不奇怪。

这说的就是"成长"，我们终将在漫长的时光里，经历各种未曾想象的事，拥抱各种奇妙变化。

"所以我突然喜欢上古诗词也就不奇怪了吧！"

兔小星笑笑。自从她喜欢上古诗词，身边的朋友都觉得她仿佛变了一个人，以前大大咧咧的丫头，现在居然咬文嚼字起来；以前逛街醉心于服装店和玩具店，现在看到书店反倒走不动道。连这次期中考试，语文老师都在课上公开夸奖了她，说她的作文水平大有提高。也许，任何事情都需要一个契机。就像兔小星喜欢上阅读、诗词和写作，是因为自己的偶像。

而龚俊人生的转变，则是源自他内心那股不服输的劲儿。

二

哪怕知名度比之前高了很多，龚俊对自己的认知依然相当明确："一个十八线小透明。"有多透明呢？这么说吧，龚俊火了以后，媒体和粉丝去搜索他的资料时，才发现小透明时期的龚俊虽然没拍过什么大戏，但总出现在各种"奇奇怪怪"的地方，必胜客的海报里有他，交通银行的广告里有他，居然还有婚纱照的广告……

在某个时尚盛典的红毯上，当艺人要和赞助商的汽车同框出镜时，龚俊当时几乎是条件反射地摆出了他当模特时期的专业pose（姿势），这一幕被媒体拍下，粉丝们看了真是哭笑不得。

直播时给粉丝搞笑派送福利，没有偶像包袱的艺人值得珍惜。

过年出现在机场的时候，其他艺人是拎着名牌包包，怎么"吸睛"怎么来，只有龚俊接地气儿，手里拎着驾校的土特产。

"他真的太真实，太可爱了！"

对于自己爆红以前的种种经历，龚俊从来不避讳。其实在"温客行"以前，龚俊就和大多数普通年轻人一样，需要面对生存的压力。正如古阿拉伯预言家穆罕默德所说："假使你有两块面包，你得用一块去换一朵水仙花。面包滋养你的身体，水仙则滋养你

的灵魂。"

我们每个人都要为了喜欢的事情，先去做一些应该做的事情。

龚俊在高中时代曾因俊朗的外形和不错的身高，被老师推荐去学习表演，当时对于表演只是喜欢，但没有太多认知的龚俊也是铆足了劲儿去考表演类的学校。

第一次考的是南京艺术学校，好不容易通过初试，在复试前因为内心忐忑觉得没有底，很遗憾地放弃了复试。后来静下心来发现"自己是真的喜欢表演"后，他咬咬牙，决定复读，在经历了一年的努力后，终于被东华大学表演系录取。

"其实回头看龚俊早期的很多经历，我很理解，没有人天生知道自己喜欢什么、适合什么，人都有怀疑自己的时候，重要的是学会主动积极走出瓶颈期，寻找解决办法。"

兔小星坦言，龚俊的很多经历她都懂。每个人都是跌跌撞撞长大的，哪有人面对命运的大转盘，一次就中？

微博上曾有帖子详细盘点了龚俊早期拍过的广告，包括速食店、油漆、婚纱摄影等，几乎涵盖各行各业。

在今年《创造营2021》的舞台上，被前辈邓超问"你觉得最不能忘却的好时光"时，他说："我还记得，有一次跟超哥一起拍广告，那时候我还是一个前景演员，超哥居然愿意跟我们合照。"

龚俊站在台上，笑得像一个小孩子。

在那段忙碌又充实的"打工时光"里，龚俊没有忘记自己真正喜欢的事情，他积攒了一部分生活费后，便决定大胆跳出当时的环境，选择去北京，去往有着更多机会的城市发展。

于是，2016年，龚俊带着靠做模特赚来的钱，正式成为"北漂一族"。

如果你对北京比较熟悉，就知道每年在大望路、百子湾附近有多少公司新签多少练习生，从东三环走到东四环，毫不夸张地说路过每个商场都可能偶遇几个艺人，层出不穷的演艺机构，竞争激烈的资本市场，还有每年不断涌入的新鲜血液，北京机会虽多，但同样僧多粥少。

初来乍到的龚俊面临的是一次次奔走于剧组，跑龙套，赚钱少，工作不稳定，身上的存款越来越少。

面对总是落空的希望和一筹莫展的明天，龚俊并没有放弃，依然四处奔波，其他时间都用在提升自我上，看到镜子里的自己脸上还是有点"婴儿肥"，为了上镜好看就自律减肥；不喜欢社交，就窝在自己的屋子里看电影，学习前辈们的演技，会把"豆瓣250 TOP"逐一看下来，被《飞屋环游记》和《你的名字》这样有着温暖内核的片子所打动。

在他的图书作品《1129》里，有一章的开篇，他摘录了这样一句话："把遇到的困境当作饭一样咀嚼，反正人生是要自己来慢慢消化的。"

"大家总觉得龚俊是没心没肺的傻乐，其实，他是活得通透。"

在兔小星看来，龚俊有自己的坚持和节奏，"我相信，不管火不火，他都会不断拍戏、不断尝试新的角色，总有闪闪发光的那一天。"

2017年，龚俊的事业有了小起色，他搭档刘诗诗、陈伟霆出演了电视剧《醉玲珑》，在里面饰演十一皇子元澈。虽然戏份不多，但这足以令彼时的他感到欣慰了。

之后的四年，又是默默无闻。

直到今年，龚俊爆火，因演技出圈。

"他才不是什么横空出世呢，明明是靠自己的努力一步一个

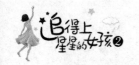

脚印走到今天的！"兔小星看到网上的一些评论不以为然，在她看来，温客行这个角色能打动大家，除了角色本身爱恨分明，更重要的是演员的演绎和代入感，那种温润如玉，那种阴狠冷厉，集一人之身，随时游走在两种极端情绪中，没有功底做不到，没有对这个角色的深刻理解也做不到。

"龚俊与温客行是互相成就，也许换个人演就没有如此效果了。"

在媒体采访中，龚俊曾提到自己当时拍戏的情况，他说："当时刚结束上一个拍摄，风风火火地赶来，顶着一头还来不及洗的油发，在影棚的休息室里，用电水壶烧了开水，倒进面盆兑上冷水，匆匆把头洗了，就去准备拍摄的造型和妆发了。"

画面感十足。对待拍戏这件事，龚俊比谁都认真。在拍摄《你好，火焰蓝》的时候，为了融入角色，他特意提前去消防中队和消防官兵同吃同住了一个多星期。

兔小星说起龚俊的故事来总是滔滔不绝，归根结底，还是那两个字：值得。

前段时间，龚俊一时间得到了很多关注，他把团队的微信群名从"18线艺人团队"改成了"17.5线艺人团队"。过了两天，龚俊又觉得这样不行，为了防止大家飘，"我们还是得不忘初心"，又把群名改回去了。

虽然很像段子，但这是真事。前段时间在直播时，龚俊唱了一首《好喜欢你》，被网友笑称是诗朗诵，直接把歌词里的"芜湖"带火，而他还是那个傻乐和天真的大男孩。

"虽然火了，但他还是他，这就很符合龚俊的个性啊！"我喜欢的人，低调、有趣、谦虚、向上，从不随波逐流，不论处于何种境地，都能找到自身的位置。

真可谓，不要人夸好颜色，只留清气满乾坤。

三

龚俊成长在一个充满爱的家庭里，对待这个世界毫无戒心，幸运的是，他的天真与坦荡，换来了同样喜欢他的这些人的欣赏与无畏，相互陪伴，一起成长。

兔小星在喜欢上龚俊的这几个月里，不仅阅读了大量古诗词，还去报名了学校的文学社，她现在有了一个新的梦想，就是希望在未来自己可以去报考古汉语专业或文学专业，将来成为一名古风作词人。

她不好意思地笑笑："其实我知道自己语文功底薄弱，现在还是一个照葫芦画瓢的小白，但没关系，笨鸟如果没有先飞，就在飞的过程中努力一些，尽量飞高一点。"她现在的日常除了努力学习，还会把生活中的一些感悟用诗词的形式记录下来，看着她，我仿佛看到多年前的自己，在笔记本上手写小说的自己。

其实梦想的目的地在哪里不重要。

你会抵达哪一处，主要就是看你能坚持走多远。

就像兔小星的偶像龚俊一样，他一路走来，做过兼职、跑过龙套，就算今天的他没有成为大明星，我想，也会是个不错的男孩子，一定在为自己向往的美好人生不断添砖加瓦。

关于未来，龚俊秉持的态度是："择我所爱，爱我所择。"

先把眼前事做好。

对于爆红，他也看得很坦然："心里要有个度，一定要按照自己的节奏和方式来。"

人生最价值连城的东西，不是物质，不是名望，而是你对于未来的信念。

　　龚俊形容粉丝们都是"夏代有工的玉"——因为传说玉器的使用起源于商周时期，在此之前的夏代玉石还只是作为普通石头的工具存在，在今天，如果能遇到夏代加工雕琢过的玉器，便是弥足珍贵的相遇。

　　花开堪折直须折，莫待无花空折枝。

　　他把人生最美好的祝福都给了喜欢他的人。

　　粉丝与偶像的终极关系，不是契约，无关利益，不存在任何模糊不清的地带，而是一种明亮、炙热、干净的精神纽带。

　　我们应该在所爱之人的身上，修习更多爱与慈悲。

　　采访快要结束的时候，兔小星说："是他让我重新认识到诗词的魅力，是他让我从一个不学无术的废柴少女变成心中有火的梦想青年，是他教会我，其实无论身处何种境地，都无须刻意改变自己。"

　　"龚俊，谢谢你，治愈我，鼓励我，成为我的光，引导我去往心之所向。"

　　也是这个男孩"天真勇闯娱乐圈"的故事告诉大家：

　　我们不需要八面玲珑，我们只需要真诚对待生命中的每一个人。

　　但愿你的眼睛，只看得见笑容。

Zhi

致正在迷茫的你

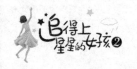

张新成

——偶像是星星，但你要做自己的太阳

致所有追星女孩——"梦想本身不会发光，发光的是追梦的我们。"

——《冰糖炖雪梨》

我听过娱乐圈里最浪漫的故事，是关于张新成和他的粉丝。

"我想了很久，我以前最开始的名字就叫星辰，那你们就叫这个名字吧！"张新成给自己的粉丝取名为"星辰"——以我之名，冠你们之名。

无论相隔多远，只要我们看到满天繁星闪烁的样子就会记得彼此。

如果爱有形状，那我想一定是星星的五边形。

一角真诚，一角温柔，一角炙热，一角宁静，一角良善，五味杂陈的心灵体验，拼凑起来就是这一趟人世完整的追梦旅途。

今天，我们故事的主人公"玉安"想借此机会，对她喜欢的人说："你在追逐更广阔的世界时，我也在努力让自己的理想变得更聚焦，我们生活在同一片天空下，你不需要回头熟悉我们每个人，你只需要知道'星辰'们都有在为自己的人生去奔跑就够了。"

愿我们千山万水，高处再相逢。

一

18岁的玉安，从来都没有体会过"崩溃"的感觉。

直到鼠标点下去的那一刻，电脑上展现出的高考成绩，上面的几行数字和她自己预期相差太远……几个月来内心偶尔惴惴不安涌上的预感竟然成真了。

玉安瞄了一眼旁边的爸爸妈妈，他们脸上倒没有什么表情，妈妈只轻轻叹了一口气。

玉安便再也憋不住了，眼泪决堤，声音开始颤抖："怎么会这样呢？"

从小到大，玉安就是同龄人中的佼佼者，按部就班地读书，水到渠成地长大，从来不会做什么让家长操心的事情，成绩向来不错，高考失利完全在所有人的意料之外。

就在前不久，玉安父母还特意带她去三亚玩了一趟，在阳光、沙滩和海风的轻抚中，玉安无数次幻想过，自己马上就要去上大学了，可以参加好玩的社团，认识新鲜有趣的朋友，那个在不远处向她招手的繁华世界就这样成为泡影……

玉安想不通到底哪里出错了，但自己又早有预感。

高考前几个月，她开始失眠，尽管身边人都没有对她施加压力，可内心总是冒出"我一定不能搞砸"这样的想法。

高考成绩出来以后，玉安第一次感觉到什么叫挫败。

不只是没考好那么简单，她甚至开始怀疑人生，怀疑所谓的努力的意义，质疑自己从小到大所接受的教育，以及对于未来，到底要上什么大学，选什么专业，过什么样的人生，她脑子里只有大片的空白和不断回响的自责声。

"我突然不知道自己为什么而活了，不知道该何去何从，也不

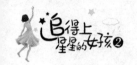

知道接下来该怎么办。"

按照爸妈的意思，她的成绩虽然没有达到预期，但还是可以选择一些相对不错的学校。如果想去读，就去读。如果想复读，他们也支持。父母把人生的主动权交到女儿手里。

玉安犹豫好久，但终究心有不甘，还是决定去复读。

无论这条路有多难，她都想拼尽全力试一试。

"我还记得自己极度郁闷的日子里，在搭公交车去补习学校的路上，我时常望着窗外发呆，内心还是很彷徨，很无助，只能劝自己熬过去就好了。

"你看大街上人来人往，每个人总能找到要去的地方吧。"玉安苦笑着说。

那段时间里，玉安暂时断开了和所有朋友的联系，她还没有鼓起"面对"的勇气，也想静下心来去认真思考自己到底想要什么样的人生。

张新成，就是在这个时候出现的。

八月的长沙，依然热得像一个巨大的密不透风的鸟笼，那天，玉安从培训机构出来，穿过热闹的解放西路，拐进坡子街的一家小吃店随便点了杯绿豆汤，抬头刚好看到热播剧《以家人之名》的画面。那个酷酷的，不爱说话却在一旁抿着嘴偷笑的"二哥"贺子秋，引起了玉安的注意。只是一个微小的动作就很传神，而少年清澈的眼神也莫名让她觉得心安。

玉安已经好久没有看过电视了，也好久没有坐下来，认真观察过这个世界。小吃店里弥漫着浓郁的食物香气，路边传来小孩子的笑声，隔壁桌坐了一位中年男子正在微信语音回复着工作上的事情，穿着姜黄色衣服的外卖员，大汗淋漓地走进来，接过老板给的外卖和一杯水，道了声"谢谢"后，迅速跑了出去。

"那一刻突然觉得，所有人都在为自己的人生而努力。"

"我又有什么资格继续矫情下去呢。"

那天晚上，玉安在小吃店坐到10点钟左右，店铺快要打烊，老板娘走过来叮嘱她："小姑娘，回家路上要注意安全。"她微笑着，用力点点头。然后回头，记住了电视剧末尾职员表里饰演贺子秋的那个男孩叫"张新成"……那是平凡的一天，却是玉安重获新生的日子。

二

从那以后，玉安在复习功课之余，陆陆续续"考古"了张新成的一些采访，还去看了一些他的其他作品。

玉安最喜欢的是张新成那双眼睛，干净、纯粹，像星星一样会发光。

他把这双眼睛放在自己饰演的每个角色上，都很打动人，《你好，旧时光》里林杨的一双眼睛藏满了少年的欢喜与秘密；《大宋少年志》里元仲辛则是眼波流转之间，带着几分侠气与不羁；《冰糖炖雪梨》里的黎语冰，眼神坚定，外冷内热，演绎出一个男孩到男人的成长变化，还有对梦想的不妥协。

在看张新成的时候，总觉得这张年轻的脸庞下，有着比自身年龄成熟的个性。而在了解过张新成的成长经历之后，玉安更是对张新成产生了欣赏之外的崇拜："因为他真的很通透，知道自己想要的是什么，并没有被娱乐圈表面的流量经济迷住眼睛，他很清醒，知道能够让一个人长久获得成就感的是提高演技，拿出自己的作品来。"

张新成是娱乐圈里出名的"考神"，19岁参加艺考，便一鸣惊人，成为2014年"艺考之神"。

　　玉安扬了扬自己的手机壁纸，是张新成的一个锦鲤表情包："你知道他有多厉害吗？他拿了好多个第一名啊，北京电影学院表演创作专业第一名、上海戏剧学院表演专业（音乐剧方向）第一名、中央戏剧学院音乐剧表演专业第一名、解放军艺术学院表演专业男生第一名，这些学校都是国内顶尖的哎！简直是小说男主本人了。"

　　说起来很有意思，每年一到高考季，就有很多艺考生在高考之前去转发张新成公布艺考成绩的那条微博，像转发锦鲤那样，祈祷自己也能有不错的成绩。

　　玉安，亦是如此。不过她不仅是在祈祷自己能够考好，更是希望自己和偶像都能够越来越好。

　　"因为我喜欢的人太优秀，所以我一定要好好努力。"

　　喜欢上张新成以后，玉安感觉自己重新燃起了斗志，想要变得更好，想要考去北京，想要成为一个优秀的人，像偶像一样，为自己喜欢的人生全力以赴。

　　张新成除了成绩好，更是身怀"十八般武艺"：会唱歌、擅跳舞、能弹琴、会朗诵……英语口语也特别好，被誉为"像吃了英语磁带的男人"。玉安在复读的日子里，经常把偶像张新成当作英语口语超越的对象。那段时间连玉安的父母都跟着快乐起来，他们发现自己的孩子变得爱笑了，不仅拾起了从前的自信，还变得稳重和自律，不用监督，每天都在拼命努力。

　　玉安会和父母聊起她的偶像张新成。他是一个热爱事业也热爱生活的人，平时除了磨炼演技之外，还喜欢摄影，喜欢分享自己眼中的美好事物。他会着迷于被云雾笼罩着的崂山美景，也会坐上热气球去鸟瞰大地万物。他是这个快节奏时代里，带有一丝古人之风的"慢享家"，享受慢悠悠的生活方式，会在拍戏过程中关掉手机，喜欢听复古的爵士乐，喜欢在阅读每一本书的时候放空自己。

　　他的美好品德不止于工作状态，更在于看待这个世界的方式。

　　有一次，他被记者问了一个较难回答的问题："如果和女生交换了身体，那你变成女生后会做什么？"

　　这是很多记者常常会在不同的采访里，问及不同艺人的一个趣味问题，通常遇到这种问题时，有的艺人会含糊过去，或者玩笑概之，但张新成在认真思索过后说道，自己想把女生最疼的那几件事情体验一下——"大姨妈、喂奶、生孩子"。

　　很多网友说，比起这个回答本身，更难得的是他可以把这些事如此坦荡地说出来，能想到去共情女性最疼痛的三件事情，可见他对女性发自内心地尊重。

　　这种坦坦荡荡的君子之态，一下子就戳中玉安。她把这件事讲给自己的父母听。玉安的妈妈也忍不住夸起张新成："这样的偶像值得喜欢。"

　　2021年有一部高分剧进入了观众视野——《变成你的那一天》。张新成再次凭借演技得到观众的认可与肯定，"今年最佳女主角没有张新成我不干""张新成演技细节"等纷纷登上微博热搜。

　　张新成需要在剧中反串女生，为了演好这样的角色，他反复研读剧本，观察女主角日常生活细节，最终在剧中为我们呈现一个活灵活现的女生形象，体验了女生的种种难处。

　　对此，张新成发微博说："比认知更难能可贵的是发自内心地想要去感受和理解，换角度去感受身边的人和事，并温柔以待。"

　　而粉丝给予偶像的回应更妙："我喜欢你，你尊重我。这个距离，刚刚好。"

　　"还有什么，比偶像发自内心地想要去理解我们，更让我们感动的？"玉安如是说。

本质上，玉安也算是张新成的"采访粉"，他的每次专访，玉安都会看，每次看完都深受触动。

面对媒体的每个问题，张新成从不含糊其词，也不会敷衍了事，他会很真诚地回答、发表自己的看法。

用玉安的话说，"本哥"的口才、情商、语言表达，会让我觉得他是一个值得被崇拜的人。

记者问张新成："如果给你颁个'最佳女主角'奖，你的获奖感言会是什么？"

他想了一下，很快回答道："雄兔脚扑朔，雌兔眼迷离，双兔傍地走，安能辨我是雄雌！"用《木兰诗》来回应这个问题，不仅反应快，回答得也尽显高情商。

看到观众对于他"演得多么多么好"的评价，张新成说自己比较平静，对于一些不太好的评论反而会钻研一下，再根据自己的审美进行中和、改变。他说："大家有一些鼓励的话，我也就听一听，并不会影响到我。怎么说呢，我会经常觉得有点夸张。我认为好的表演是无形之间的，但就是让你很代入，不存在一定演得多么多么好。'意料之外，情理之中'，就是非常好的表演。"

玉安会记得张新成说过的很多话，而对她触动最大的是他在某个采访里谈到"生命"的话题，"你可以把它做好，做不好以后还有机会，变成你必须把它做好，你不做好，就没有机会了。"张新成的这句话，后来也成了玉安的座右铭。"自律即自由，张新成可以，我为什么不可以？"玉安信誓旦旦。

张新成在演员这条路上越走越宽，即便已经得到诸多好评，仍会一直审视自己，清醒自知，真诚有余。

也许很多人都不知道，张新成与粉丝的相处也是如此。

他平日里不让粉丝送礼物，曾经有粉丝坚持送了一副耳机，他就以"星辰"的名义按这份礼物的金额捐给红十字会，还会在微博上发出来警告粉丝别再送礼物了。

真是可爱至极。

"不得不承认，我是在喜欢张新成以后，又燃起对梦想和生活的向往。"

他是怎么一点点用实力与努力不断拓宽自己的边界、不断去挑战身为演员的多面性——《你好，旧时光》里的小太阳林杨，用明媚的笑容带给身边人快乐；《大宋少年志》中机智聪慧、肩负家国大义的大宋少年元仲辛；《冰糖炖雪梨》中热血又霸道的"冰神"黎语冰；《以家人之名》中细腻暖心的小哥贺子秋；《变成你的那一天》中冷面江熠与娇羞少女余声声自由切换……截至目前，他拥有多部豆瓣高分，以及高口碑作品。

张新成用自己的故事、作品，给玉安带来无限向上的青春能量。她说："对于演员来说，没有比作品和演技得到肯定更幸福的事了，而对于演员的粉丝来说，没有比偶像的作品质量过硬更让粉丝有底气的了。因为拥有这样一个优秀的榜样，我才觉得迎难而上、直面青春路上的锋芒是一件值得骄傲的事情。"

三

前段时间，微博上有个话题是：你什么时候觉得离偶像很近？

点赞最高的一个回答是："是当你发现你遇到的所有难题，他们也未曾避免，但他可以给你勇气。"

玉安也是后来看了张新成很多访谈，真正了解他的成长经历以后才知道，没有一个学霸是横空出世。

所谓的天才，不过是付出得足够慷慨。

在"艺考之神"这个标签之前，张新成度过了一段难熬的时

间——北舞附中求学的6年。最初得知要考北舞附中时，年少的张新成满怀憧憬，想到"能去首都"就是一件特别酷的事。

谁知道，这一考就是三年。

"第一年报考北舞附中是比正常入学年纪提前一年去试考，挺轻松地就过了初试，感觉考北舞附中是很容易的事情。"

"结果到了第二年，考中国舞和芭蕾，却在三试的时候被淘汰了。"

当时还没找准自己定位的张新成，决定"三战"，幸运的是，一位辅导老师看到了张新成在表演方面有天赋，便建议他考歌舞表演专业。事实证明，"一个人的定位真的很重要"，张新成如愿考上了心仪的学校，并成为班里的优等生。

要知道，自己才是自己的锦鲤，特别努力或许才能换来一丝好运。玉安觉得自己和张新成某种程度上，有相似的地方，他们都曾经历过被人质疑和感到迷茫的瓶颈期。在一次采访中，记者问张新成是不是从小就是个聪明孩子。他直接否认了。

"并没有，我在艺术天赋上，是个很笨的人。我总觉得艺术更多的是需要一种灵性。而有时候因为我个人比较轴，比较认真，就会走一些弯路。"势必要付出比旁人更多的努力。

几年前，当电视剧《你好，旧时光》官宣男主角林杨将由张新成出演时，网上的留言说什么的都有，很多原著粉认为张新成不符合小说中林杨的"小太阳"形象。

可是，当《你好，旧时光》播出后，不知道当时有多少人被张新成所饰演的林杨迷得神魂颠倒，纷纷被"打脸"。热情、真诚、温暖，这些人物性格在张新成的身上体现得淋漓尽致。很多网友说他将书中的林杨"演活了"，甚至到了后来，许多人直接将张新成和林杨画上了等号，在他们心里，张新成就是"林杨本杨"，这样的评价或许是对一个演员最好的认可吧。

"他什么都不说，只是把全部身心投入作品中去，其实，消除流言蜚语最好的方式不是大声反驳，而是你做到旁人所不能及。"

从张新成身上，玉安学到的是，低调做事。

"我知道自己怎么能赢，但有时候为了对抗自己，我可以输。"这是张新成在《星月对话》采访里的一段话。清醒、自知，知道自己想要什么，能做到什么程度。

以前的玉安很喜欢活成"别人眼里的好孩子"，会因为成绩好受到老师称赞而开心，会因为被身边的同学投来羡慕眼光而窃喜，以前她的努力，是为了获得别人的认可和喜欢，而现在，她所做的任何事都只因为"我想要活成自己向往的样子"。

于是，她不再和内心的自己闹别扭。打开了朋友圈，回复善意关心她的朋友，不再把自己的小小努力晒到社交平台上等着被点赞。面对未来，她不再恐惧，也不再盲目，她开始真正从容起来。

像一个大人一样。

四

斯人若彩虹，遇上方知有。年少时遇见一个太过惊艳的人，余生都不想再凑合着过。

就算不能活成所有人的星星，我也要做自己的太阳。

"其实我的追星过程是有一个变化的。"玉安仔细总结了自己这一年多的追星故事。

"我的偶像陪我度过最黑暗的时光。刚开始，我对他的喜欢，就像一个快要溺水的人抓住最近的稻草，想要借助他的力量重新游到岸边。这是一种本能的渴望。再后来我把偶像视作精神信仰和人生方向，想要变得更好，更强大，希望终有一日能够以坚韧的姿

态面对他。"

"可现在我不这样觉得了，我们每个人的努力都应该是为了自己，而不是为了父母，更不是为了偶像。"

就像何老师曾说过的一句话："你的偶像再了不起，全世界最可爱的人还是你。"

偶像可以是星星，但你要做自己生命中的太阳。

梦想本身不会发光，是因为我们在与时间的赛跑中，不断摩擦出的微小光芒点亮了你看待外界的眼睛，才有了星辰大海，所以闪闪发光的就是我们自己啊！

张新成说自己永远记得大学老师李雅菂在给所有学生上表演课的时候，说过的一句话："演员的一生都需要与杂念对抗。"

其实不只是演员，每个普通人的一生也要与杂念对抗，它可能是父母过高的期待目光。可能是同龄人的残酷竞争，可能是周遭环境影响你的流言蜚语，可能是攀比心理，可能是我们内在对自己的不自信，可能是短暂的迷茫，可能是反复的焦虑，可能是这个时代到处喧嚣的噪声。

这些我们每个人都或多或少会遇到，短暂地迷失自我，没有关系，重要的是在这个过程里，你的内心要有一个"下坠的底线"和"向上的梯子"，弄清楚自己想要的是什么，不想要的又是什么。

家人的爱或许是帮助你兜底的存在，而偶像的力量，则是你向上攀登的最结实的梯子。

现在的玉安比从前更坦然。

"刚复读的时候，内心总跟自己较劲，觉得要考一个好成绩来证明自己不比别人差，但当时每次模拟考都因为紧张出问题。后来心态变好了，更加投入学习，不那么执着于结果了，反倒成绩开始稳稳上升。"

回头来看，我们整日与青春期的烦恼纠缠不清，其实没有什么"真正的猛虎"。那些困住我们的东西，只是因为我想，所以它们才能。

玉安分享自己的学习心得，提到最重要的是心态。当你熟练掌握知识和技能本身，这个时候，拉开差距的就是你的表达与发挥。

很多平时学习成绩很好的孩子，一到重要场合，就发挥失常，不是因为他们真的笨，或者没学好，就是心态不好，这一年多玉安逐渐调整好了。

"我也希望能够像自己的偶像一样，认真追寻自己的梦想，然后义无反顾地去实现它。复读的日子确实挺难熬，但每次想放弃的时候我就会想到，如果是张新成，他一定能够坚持下来。"

"我也不知道追星的意义到底是什么，但好好生活的感觉真不错。"就让我们从此刻开始，把所有的晦涩与狼狈都留给过往，我们在青春的对岸总有相逢日。

迪丽热巴

——我们受过的伤，都是爱的勋章

如果可以，我希望你快乐，而不是执着于变得聪明。

因为每当我们明白一个道理，都可能是经历了一场失去。

一

我在约定的时间到达西单附近的一家休闲书吧，可以一边喝东西一边安静聊天的那种。

一进门，有个轻柔的声音喊住我。

不远处是一个梳着齐刘海，穿着蓝色水手服的女孩坐在角落里，她是雨涵，笑起来像山间的精灵。皮肤白白的，眼睛亮亮的，夏天的阳光扫过她的皮肤可以清晰看到脸上有层软软的茸毛，桃子一样的清甜气质。

开口说话还有几分迪丽热巴"小奶音"的感觉。

她捂着嘴笑道："没有啦，我哪有热巴那么可爱，她是我眼里最可爱的人。"

聊天过程中，雨涵递给我一个"捕梦网"作为初次见面的小礼物。面对我疑惑的眼神，她给我讲了个故事，原来在她上初中的时候，最疼爱她的爸爸因病去世了。当时的她不过15岁，从来没有想过死亡会离自己那么近。

"怎么可能呢？一个每天会给你做好吃的、给你讲笑话逗你开心的人，突然就不见了，他的衣服，他的书桌，他给我买的东西都还在，但这个人不会回来了。"

"那段时间我都吃不下饭，因为每次坐在饭桌旁，看着原本的三双筷子变成了两双，我就好难受……"说到这里，雨涵的眼眶红了。

失去最亲的人是一种怎样的体验？如果可以，我希望你永远不曾体会。那是连时间都无法完全治愈的伤痛。走路会觉得落寞，深夜会痛哭流涕，失去对生活一切的热情与眷恋。每一次万家灯火，其乐融融过节的时候，你的脑海里都会闪过无数的回忆，翻滚而来的，是足以打翻眼前所有热闹的寒冷与孤寂。

那是2015年的春天，雨涵在医院里陪床，爸爸跟她最后一次说体己话，从此再也没有醒过来。

花了大半年的时间，雨涵才慢慢接受了"爸爸已经不在"的事实。

因为家里只有一个孩子，难过之余，雨涵必须坚强，不能再随随便便就掉眼泪，因为妈妈看到会更加难过。已经失去了一个至亲的雨涵，发誓要好好努力生活，不让妈妈再伤心。

以前上学会赖床的雨涵变得积极自律，不需要人再督促了。

以前总是动不动就和家人伸手要钱的她，现在学着把零花钱攒下来，给妈妈买礼物。

以前总是对学习不上心的她，经此变故，突然就变得努力起来，雨涵想尽自己全部的力量强大起来，不再让爱她的人担心。

到了暑假，雨涵也没有再出去乱跑，而是选择大部分时间待在家里，陪妈妈说话，一起去超市买菜，夜晚在家看电视。

当时正在热播的一部剧是《克拉恋人》，迪丽热巴在里面饰演

女二"高雯",是个在娱乐圈打拼至情至性的大明星,当时雨涵和妈妈就被她那生动鲜活的演技所吸引。

雨涵记得,当时有一场戏是高雯和剧中的前男友吵架,高雯情绪大爆发,诉说了自己在娱乐圈一路打拼很辛苦,为了争取到角色,甚至有时会喝酒喝到胃出血。

那句充满委屈的"为了一部戏,我连最爱的人都没见到"让电视机前的雨涵忍不住掉下了眼泪。

她太懂这样的感觉了,当时她只觉得这个女演员演得很好,后来才得知,在拍摄这部电视剧时,迪丽热巴本人确实为了工作不得已放弃了见亲人最后一面的机会,那个人就是最疼爱她的姥姥。

"她真的是不得已啊,不是故意的。"

有时候人活着真的很难面面俱到。当时,迪丽热巴在剧组得知姥姥生病的消息,一直想抽空回家陪陪姥姥,但当时拍摄紧张,剧组没有准假,热巴也不愿意耽误大家进度,只好在内心祈祷,等工作结束立马飞回去看姥姥。

没有想到,等来的却是姥姥去世的消息。

当时,正好赶上高雯情绪爆发这场戏,那一句"为了一部戏,我连最爱的人都没见到",说出了迪丽热巴当时内心最真实的感受。

拍完以后,她在片场情绪几近崩溃,在导演喊停之后她仍止不住痛哭。

"我是在了解过她的故事以后,真正喜欢上她的。"

"只有经历过类似事情的人才能体会那种感受,失去了最爱的人,悲伤到无力的感觉。"

也是在那个暑假,雨涵妈妈送给她一个捕梦网,并为她轻轻挂在床头,告诉她,带着捕梦网的祝福进入梦乡,或许可以梦到最爱的人……

这些年来，雨涵把捕梦网当作"最治愈的礼物"送给她生命中每一个重要的人。

二

"如果有一天我见到热巴，我也会送她一个捕梦网，希望她可以在梦里和姥姥相见。"

现在的雨涵长大了，声音温柔，神情却透露着坚毅。

这六年来，她顺利参加完中考、高考，现在已经是中央民族大学的一位学生了，而她喜欢的迪丽热巴也不知不觉成为更多人的偶像。

无论《克拉恋人》里鬼马精灵的高雯，还是《漂亮的李慧珍》里有些自卑羞涩的李慧珍，抑或是《三生三世十里桃花》里那个为爱不顾一切的青丘凤九，《你是我的荣耀》里自信勇敢的乔晶晶，每一个角色，都被她演绎出不同的风格。

今年播出的《长歌行》里，迪丽热巴挑战的是一个"巾帼英雄"式人物，这是近年来她所有角色中，雨涵最喜欢的一个。

"我理解的李长歌，是勇敢、坚强、有智慧的，是我理想中想成为的样子。"

世间多少奇男子，谁肯沙场万里行。

露宿风餐誓不辞，饮将鲜血代胭脂。

与其他古装剧中所谓的"宫斗大女主"不同的是，李长歌在这部电视剧中一波三折，并非只为了追求个人价值，她一路走来所做的事情都是自己完成的。不论为家人复仇，还是为国尽忠，她每一次逆袭，靠的都是自己，她有更强大的抱负和更高远的理想。

美国诗人罗伯特·弗罗斯特说过：作者无泪，则读者无泪。

演戏如是。

迪丽热巴在采访中提到，这是她进入角色最快、共情最快的一个角色，整体的故事和氛围让她有了一种信念感。

无论玄武门之变逃出宫殿时的机智，还是到朔州抵抗外族侵略时出谋划策，抑或是和妹妹李乐嫣自始至终未曾变质的友谊，都足以看出李长歌这个人物的智慧与包容。

迪丽热巴坦言："我佩服她有一颗强大的心脏！"

"剧中大家都能看到，长歌每一次都在失去爱的人，一点一点去学会成长。在失去的过程中，她又学会了如何去爱。"

每个女孩都有李长歌热血坚强的一面。在剧中，李长歌无数次被追兵围剿、逮捕，但又无数次通过自己的智慧脱离困境，她就像一株长在荒野之上生命力顽强的草，从不对命运屈从。同时，在逃离长安的过程中，她也一路成长，发现比起复仇，自己心中唯一不可被撼动的目标便是守护大唐安宁。

"这种家国情怀，真令我佩服啊！"雨涵说到这里略显激动。

而现实生活中，迪丽热巴在新疆棉花"代言"事件中，勇于表达自己坚定的爱国态度。

三

"尽管这部作品，有人说好，有人说不好。但在我心里，热巴确实演出了李长歌的感觉。"

戏里戏外，热巴都与李长歌有着重叠的"成长精神"。

这些年，迪丽热巴在演艺道路上如李长歌一样，像海绵般吸收，不断提升自己。从配角到主角，从无人问津到万人中央，迪丽热巴所走的每一步，都踏实而坚定。

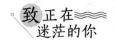

当然，成长的代价是疼痛。

李长歌在亲人离开后快速成长，最终练就了一颗强心脏。

迪丽热巴又何尝不是拥有一颗强心脏呢？面对这些年来外界各种杂乱的声音，说她只是"花瓶"而已，迪丽热巴只是做好自己的事情，功过留给别人评价。

面对娱乐圈的沉沉浮浮，她依然只想做那个最纯粹的自己。

《你是我的荣耀》播出后，观众热议不断，微博首周全站话题超过100亿阅读量，而迪丽热巴饰演的女主角乔晶晶得到很多人的喜欢。

偶像被越来越多的人喜欢，雨涵自然很开心，她说自己从"高雯"开始关注迪丽热巴，这些年，看着她一路成长，慢慢收获着掌声，而她最欣赏的是迪丽热巴的简单、低调和不急不躁。

"不管你是谁，不管你正在经历着什么，也许在别人眼中你可能正在经历一个特别大的、巨大的幸运，但是你依然能感受到人生的难度，这是大的公平。"

遇到不开心的事情时，热巴会选择躲回自己的房间看动画片，或是干脆打扫房间，这些生活中的小事都是治愈的良药。

把所有的负面情绪留给自己消化，把所有的美好模样分享给大家。

出现在镜头里时的热巴，永远不争不抢，还会经常把自己放在角落，给别人更多的镜头。

"我印象中特别深的一个镜头，是在节目中，主持人在采访别人，热巴默默地往旁边退，让主持人更方便地采访。我一直觉得，人品始于细节，往往就是那些很小的地方，更能看出一个人的修养。无关演戏或做作，这就是本能。"雨涵眼神中充满欣赏。

无论来路多么艰辛，都掩盖不了迪丽热巴的一颗赤诚之心，她

似乎仍旧是那个当年在海选的镜头前努力地做着自我介绍的女孩，即便现在光环加身，她也会武戏一招一式地学，亲身上场吊威亚，看似娇弱，却处处坚韧。面对批评能够虚心学习，继续把注意力放在打磨作品上。

迪丽热巴有个"多坚持一秒"的观点很打动雨涵。

"我觉得很多时候就差一秒，这一秒你坚持住就达到目标了，放弃就真的会错过，所以很多时候我都会多坚持一秒。"

雨涵笑着说："我在参加高考之前，每次复习功课想偷懒的时候，就在心里反复把这句话讲给自己听。生活就是这样呀，这里多一秒，那里少一秒，人与人的差距就出来了。我希望自己能够像热巴一样，活成一个坚强的女孩子。"

这些年，雨涵早已把喜欢迪丽热巴这件事，变成信仰的一部分。

追星的本质，其实就是你在那个人身上，看到了自己想要活成的样子。

我的偶像光芒万丈，我不能一身戾气。

我的偶像乘风破浪，我不能胆小如鼠。

我的偶像斗志昂扬，我不能连出发的动作都没有，就说人生没有方向。

"这些年，热巴经历许多变故和诽谤，依然还是那个充满光芒的女孩，我也要做到。无论发生什么，自己不能放弃自己，要学会在逆境中找到自己的生存之道。"

更重要的是，与这个世界握手言和。

雨涵坦诚地讲，爸爸刚去世那几年，她一直在和自己较劲。

　　她拼命学习，伪装成一切都没发生的样子，就是害怕妈妈担心，以及想让自己忙碌起来忘记爸爸已经离开这件事。

　　随着日子渐长，她也经历更多，慢慢对生命无常这件事有了一定释怀。

　　"我知道爸爸一定希望我活得开心。"

　　"希望我去做自己喜欢的事情，去追逐自己想要的人生，而不是沉浸在悲痛中，拒绝和外界沟通。"

　　所以现在的雨涵，在上大学期间，有尝试自己喜欢的动漫插画，在网上报了学习班。也把自己日常练笔的插画发在社交媒体上，陆续涨了一些粉丝，很多人说很喜欢她的风格，还有小粉丝给她留言说："姐姐，谢谢你的画治愈了我。"

　　那一刻，雨涵突然就理解了自己的偶像。

　　以前迪丽热巴经常会对粉丝说："遇见你们是我最大的幸运，我正在努力成为那个可以让大家看到就想笑，就会想努力的人。"

　　粉丝与偶像的关系，并非一条单行道，而是会互相影响、互相感染、互相传递正能量。

　　"追星的意义在于，她什么也没做，却治愈了我所有的不快乐。"

　　采访到最后，雨涵和我说，如果可以，她希望大家永远不要长大，做那个家人眼里稀里糊涂的幸福小女孩。

　　但如果说"长大"是每个女孩的必经之路，她祝愿每一个努力的女孩都能得偿所愿，每一个勇敢的女孩都能乘风破浪，在自己的小小世界里，创造属于自己的彩虹、天空与阳光。

"你我各自好好生活，我抽空爱你。"

夏天是属于少年的季节。

记忆里的夏天，是头顶吱呀吱呀转动的小风扇，是阳台晾衣绳上的白衬衫，是街角的小猫，是公园里小摊上的冰激凌和酸梅汤，是学校门口的男孩女孩们笑起来的一脸明媚。

莎士比亚在《十四行诗》中写道：我是否可以把你比喻成夏天？虽然你比夏天更可爱、更温和。

这也是刘耀文在小可心里的形象。

"他就是一个很简单、纯粹、温柔的少年，我很喜欢他身上散发出来的气质。"

"我喜欢他，就像欣赏身边那些优秀的朋友一样，一步一个脚印靠着自己的努力，慢慢走到了今天。"

作为偶像，刘耀文的故事带给小可的是正面价值观的塑造。

就算没有舞台上的聚光灯，一样可以做自己生命中的发光体。

刘耀文有个外号叫"小狼崽"，形容他在追求梦想的道路上有着少年本来的热血与冲劲。听说，当时还在上小学的他，是和师哥王俊凯一样，在学校厕所无意中被时代峰峻的星探发现的，刘耀

文回家以后和爸爸妈妈说了此事，商量过后，决定加入公司做练习
生。用他自己的话说，就是因为喜欢。

刘耀文妈妈看到儿子憧憬的眼神，就想着让他去试一试吧。

青春本来就是无限可能的试炼场，为自己喜欢的事情大胆一
搏，就很值得。最初以练习生身份进入公司的刘耀文，是当时男孩
中年纪最小的一位。他没有唱跳基础，在训练过程中自然有做得不
到位的时候，挨了老师不少的批评。

但即便如此，刘耀文，仍比任何人都渴望成长。

小可是在2016年的圣诞奇幻夜第一次注意到刘耀文的，那个时
候的刘耀文，只是众多艺人中不起眼的那个，梳着小平头，舞步称
不上娴熟，眼神中透露出一点慌张但很快又调整为坚毅，原本只是
无意中点开的视频，小可却对刘耀文难以忘怀。

人与人之间，无论是朋友，还是粉丝与偶像，有时候就是存在
一种奇妙的磁场，会互相吸引对方。从那以后小可便开始认真了解
起这个男孩子，也会和身边的同学分享。

2016年小可还在读小学，次年，她小升初，在新学期的班级里
发现，原来有不少人关注和喜欢着刘耀文所在的TF家族的不同艺人
和练习生。

"我们班很多同学喜欢他们，我很理解，因为对我们这个年龄
段的学生来说，他们不只是明星，更是努力的榜样。看着他们一点
点成长，在他们的正能量引导下，自己也在现实生活中不断靠近想
要的人生，这样的陪伴过程，或许就可以称之为'追星'吧。"

前后不过一年的时间，没有人知道刘耀文付出了多少努力。

从唱跳中等到站上舞台就能感受到的沉稳霸气，刘耀文跳舞时
的张力，挥洒自如，开始叫人挪不开眼睛。

在2017年的TF家族"夏季嘉年华"的舞台上，刘耀文站在那

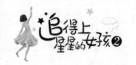

里，是比哥哥们矮了大半头的懵懂少年，但男孩的举止谈吐和眼神中透露出的坚定，都让小可感到惊喜。

"我喜欢的那个男孩，他真的长大了。"

"他变得更有实力了，也更帅气、更有责任感了，他的闪耀并非因为舞台加持，而是自身散发出的强大气场。"

这个后来唱着"明天会怎样，我自有主张"的男孩，在自己的努力下，成功在2017年暑假杀出重围，是唯一升级成为练习生的试训生。

"成功转正"的刘耀文，开始在TF家族自制的团综《夏季运动会》中，首次以练习生身份出现在官方视频里。

后来经过层层选拔，刘耀文和其他四位哥哥组成台风少年团出道。小可还记得那段时间她最开心的事情，就是在学校里和好朋友共享他们的消息，在书店和礼品店看到他们的海报时，会互相使眼色，眼角眉梢都是藏不住的喜悦。但好景不长，2018年夏天台风少年团便宣布解散重组。在经历过练习生的蛰伏、出道的跌宕起伏，不断面临相遇与告别的种种青春选择，原来满脸青涩的小狼崽刘耀文开始飞速成长。他变得比从前更努力、更拼命，也更珍惜身边的一切。刘耀文和其他小伙伴再次经历了数月的严格训练，重新出现在大众视野时，我们的"狼少年"，俨然已在自己的草原上开辟出一番新天地。

2019年秋天，台风少年蜕变之战落幕，刘耀文与马嘉祺、丁程鑫、宋亚轩、张真源、严浩翔、贺峻霖七人正式成团，时代少年团组合正式出道。有老师曾这样评价刘耀文："但凡有一点儿不努力，他都不会站在这里。"

这个充满昂扬斗志的00后男孩用自己的努力告诉大家，纵然来路曲折，只要内心坚定，终将可以触碰到梦想的花之彼岸。从台风少年团到时代少年团，曾经希望身高快点长到一米八三的刘耀文，现在已经一米八三了。这个在前辈们和哥哥们的保护下，默默成长起来的小小少年，如今也真正地长大了。

在被记者问到"为什么想做偶像"时，刘耀文真诚地回答："因为我想成为闪光点。"

"我想成为顶天立地的少年人，什么事情都可以往身上担的那种人。其实年龄不重要，只要有志向，只要有目标，只要你有前进的动力，只要你有上进心，你就是少年人。"

这句话也成为激励小可努力生活的莫大动力。

上了初中以后的小可，因为一下子进入当地重点中学的"重点班"，身边优秀的同学太多，从前自己可以考进班级前三名，在新学校里只能考到中游水平。

开始她感觉落差非常大，曾有过特别自卑的阶段。

就是依靠着偶像的励志故事不断来激励自己，一点点制定目标，一步步去努力实现，这几年的时间，小可也从入学时期的小透明成了班级中的佼佼者。不仅如此，小可在班里的人缘也特别好。直到中考毕业小可才发现，原来自己这几年的青春，从未虚度，每一天都过得精彩充实。学业上，实现了稳扎稳打的进步。业余她开始试着学习不同新技能，去读书、去练习写文章，而在追星这条路上，她也愈发有自己的信念和坚守，那就是"要做一个绝对不给偶像添乱的粉丝"。

她们班喜欢TF家族的小伙伴很多，偶尔会为不同偶像产生争执，但她都会巧妙、平衡地去处理大家的关系。

"就算好朋友不喜欢你的偶像，也可以各自安好，没有必要争得面红耳赤。"

"每个人都有喜欢和讨厌的权利，我们要做的就是，分享偶像

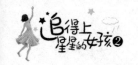

的美好，避免无谓的争执。"

"何况，最重要的是不可以因为追星而影响自己的生活哦。"

因为青春期的孩子至情至性，有时真的会为了守护自己的偶像做出一些"常人难以理解的事情"，但在小可看来，无论如何，都要守住自己的底线。绝不物质攀比，不去恶意中伤他人，不在网上和莫名其妙的网友争吵，面对喜欢的人，也要大方得体，绝对不能做出令偶像和自己失望的事情。

"我们喜欢一个人，最重要的就是保护好他，他才能去好好追逐梦想。"

"怎么能随意添乱，破坏别人的生活呢？"

就在今年夏天，在微博上有一段引起很多人注意的视频，是有"私生饭"（行为过激的粉丝）在电梯里尾随刘耀文，刘耀文忍无可忍发微博说"你们没有自己的生活吗"，从而引发大众对于追星的争议。

小可说："我当时看到真的生气又无力，替刘耀文感到害怕，他才15岁啊，即便在舞台上可以为了梦想气场全开，回到现实生活中，真的就是一个普通男孩。不管追星还是其他事情，一个人要有道德底线吧。"

这两年，随着时代少年团的人气越来越高，越来越多的人关注和喜欢上刘耀文，这原本是一件令人欣慰的事情，却因为这些极端的"追星事件"令人不寒而栗。

"她们这不是追星，而是用无孔不入的追踪和镜头摧毁他的光。"希望所有的追星女孩都记住这句话：我们是在追星，而不是摘星。

我们所向往的是那个人所在的星辰大海，而不是要把一切通往美好道路的桥和船，全部搞乱、搞砸。当你用正确的方式去见偶像

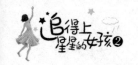

的时候，你不用踮脚，他会为你弯腰。

粉丝与偶像之间的关系，应该是重视彼此的感受，但绝不侵扰和企图控制对方的情绪与意志，我们都该过好自己的生活。

"也希望晓雨姐姐可以在这本书里呼吁大家理智追星。"

"不要窥探明星隐私，不要做出过激行为。"

追星，别追得弄丢了自己。

希望大家明白，偶像与粉丝最好的距离，是从舞台到观众席。

"我们喜欢的那个人，他那么美好，你怎么忍心破坏他的笑容和眼里的星光？"小可说到这里忍不住叹了口气。

她很了解自己的偶像刘耀文是个怎样的人，如果不是忍无可忍，他不会站出来斥责这些极端的"私生饭"。他平时是一个多么温柔的人啊！他会记得父母所说的"多栽花，少栽刺"，意思是说对待他人要多一些宽容，少做伤害他人的事情。而当善意并未换来应有的体面和理解时，他选择的方式仍然是克制的，告诫"私生饭"，要去好好过自己的生活。

面对"流量""偶像"这样的定义，刘耀文也有自己的一番见解："我觉得这样的词没有什么不好，它代表着你会被更多的人看到和认识，也可以更好地证明自己。"

刘耀文说："有时候觉得一天特别长，有时候又觉得一天过得好快。在长长短短的变化里，好像又厉害了一点。"

"还是那句话，你可以永远相信刘耀文。"

作为喜欢刘耀文的人，小可特别想对偶像说："你也可以永远相信我，相信我们，我们会记得你的嘱咐，好好过好自己的生活。"

粉丝与偶像最好的关系或许就是——"你我各自好好生活，我抽空爱你。"

在不会见面、不会联络的日子里，我会带着对你的那份思念与美好祝愿，去为自己想要的人生全力以赴，同时，会把从你身上学习到的美好品质分享给更多人。

小可告诉我，时代少年团有个粉丝站子，雏形是一个日常吐槽和追星的微信粉丝群和微博，粉丝群里有很多年龄小的中学生粉丝，而群里还有很大一部分成员是已经在读大学的粉丝姐姐们，她们大多学识不错，拥有相对富余的时间和丰富的生活经验，想通过这种方式，来为妹妹们做些事情。

她们有的擅长写文章，有的懂PS（图像处理），有的擅长做视频剪辑，有的喜欢诗词歌赋，有的是颇懂心理学的"知心大姐姐"。

小可说，她们在群里会针对有需要的妹妹们，发布一些教辅内容，包括初中英语动词变化规则、高中数学不等式、语文知识小问题等，会定期组织大家玩一些具有创意的知识类型活动。除了学习，她们也愿意给予妹妹们情感上的帮助，一些关于学习、关于未来、关于个人生活的问题都可以分享在这里，当作一个心灵树洞，相互温暖陪伴。

"这些都是追星路上的意外收获，在和偶像互相陪伴、共同前行的过程中，逐渐成为更好的自己。"

刘耀文曾在《博客天下》的采访中提到他理想当中的艺人和粉丝之间的关系，是那种好朋友式的相互支持。

"既是朋友，也是精神寄托。因为我是一个追求进步的人，也希望粉丝跟我一起进步。"

"让我们每一次见面都是以各自更好的一面相见吧。"小可深以为然。

追星不一定有结果，但过程一定有意义。

　　没有人会希望自己的爱和热情被浪费，所有人都希望去喜欢值得喜欢的人，但追星的本质，还是为了快乐，我们这一生也许会遇到许多人，经历许多事，甚至会在不同阶段喜欢上不同年龄不同特点的明星，没有谁离不开谁，不要把追星当作自己生活的全部。

　　时刻提醒自己，是因为那个人，那束光，我们的青春才格外出彩。我是追星，而不是摘星，只要我的星星是亮着的，我就开心。

　　但在仰望星空以外的时间里，我要为自己的人生去努力。

　　最后，想借用蔡康永老师《送给追星孩子的一封信》中的话送给所有追星女孩：

　　假如你喜欢了一位偶像，请一定为了他更好地学会生活。

　　假如你喜欢了一位偶像，请你一定要让妈妈知道，因为妈妈是最爱你的人，而你也深爱着他。

　　假如你爱他，请你也为他好好寻找自己生活的支点，不要为他迷失了既定的轨道，关掉电脑的片刻回归平静，担当起原来的角色，从哪里来到哪里去。

　　因为爱他就等于爱着你自己，爱着因为他而变得更加温柔的自己，爱他，是本性，是注定，是天然。

　　要对得起自己的人生，就要尽量给别人的人生添加美好的成分，拼命地挽留自己碰到的美好的东西，拼命挽留。

　　他一样，你也如此。

范冰冰
——追梦路上慢一点，没关系

"第一次见你的时候，没有想到后来会那么喜欢你。"

采访了那么多追星女孩，雨沫的话还是令我心头一震。

16岁的雨沫在"爱"这件事上有着超乎寻常的通透。

她坐在我面前，穿一件简单的白色娃娃领衬衫，点杯柠檬气泡水，眼睛眨巴着说："我对偶像与粉丝之间浅薄的情感关系实在提不起兴趣，我觉得真正的爱是有力量的，绝不止于夸他好看、微博点赞、应援这种浅层次追星，而是要完完全全坦诚面对彼此，尽力温暖与拥抱对方，互相点亮生命中最明亮的那盏灯。只有我们自己发光，才能彼此照耀。"

雨沫说，她喜欢一个人，就会想要变得更好，比起整天夸"哥哥真帅"她更愿意花时间精力去提升自我，成为风景的一部分，而非匆匆而过的赶路人。

一段带着深度与自我探索的追星故事，足以媲美一段闪耀充实的人生。

"我很好奇，什么样的明星会吸引你？"

面对我的提问，雨沫说："最吸引我的明星类型，第一，当然是有实力。第二，即便他现在还不是特别强大，但始终在为自己的梦想而奋斗。范丞丞就属于后者。"

"在我看来,他身上最珍贵的地方就是他的真实与努力。"

2018年春天,雨沫通过国内一档选秀节目,第一次听到"范丞丞"这个名字——"其实我是一个不太喜欢追逐潮流的人,但当时这个节目真的太火了,班里的同学都在看,因为我们是寄宿学校,某天晚上受不了室友的热情邀约便一起看了起来。"

看第一期的时候,不知道为什么,雨沫在100多个男孩子里第一眼就注意到了范丞丞,尽管他失误了,但给人的感觉很真诚。重要的是,她记住了他的名字。

在网上广为流传的"就像你种的菜,等到可以收成时,被偷走了"这句话莫名戳中了雨沫的笑点。

那时候雨沫对他的印象仅仅是"还不错,挺可爱的一个大男孩",但生活中的雨沫每天除了学习,就是去图书馆借书看,对于娱乐圈或者饭圈的事情,她并不感兴趣。以陪好朋友追剧的心态她一点点开始了解起这个男孩,得知他早在参加节目之前,曾经赴韩训练,做过"透明练习生",或许是因为感同身受吧,雨沫出生在书香门第,她必须付出很多努力才能证明"自己不比父母差"。

曾有人问范丞丞,为什么明明有得天独厚的成长环境,还会选择以练习生的方式进入娱乐圈?他的回答是:"练习生这个身份不仅代表着要锻炼一个人的实力,也是对一个人心理素质的培养。"

他们都是早熟又天真的孩子,面对理想,有自己的追求和想法,面对生活,又偏偏毫无心机一脸赤诚,范丞丞每次面对镜头回忆起国外练习生的生活,他说"除了练习就是练习",这个世界对我们每个人都是公平的,想要抓住转瞬即逝的某个机遇,就必须付出百分百的力气捕捉。2018年4月6日,范丞丞以第三名的成绩,以"NINE PERCENT"成员出道。

雨沫还记得范丞丞出道夜，她紧紧握住闺蜜的手，激动得差点落下泪来。

"你知道吗？其实我对范丞丞的喜欢很微妙，既是对偶像的欣赏，又是对朋友的祝福，还有一部分自我的投射，那就是仅仅想作为'我'这个独立个体去实现自己的价值。不是某某某的女儿，不是某某学校的重点班学生，只是作为'我'，想要去追逐属于自己的人生。"

雨沫身上的克制、冷静、理性和挑战欲，与她的成长背景有着很大关系。

雨沫的爸爸妈妈是当地有名的"教师模范夫妻"，妈妈是初中老师，爸爸是高中老师，一个教语文，一个教物理，都是上一辈靠自己能力实现理想人生、值得钦佩的父母。从小到大带过雨沫的老师基本上都是父母的好友，而身边许多同学也喜欢来她家玩，雨沫爸妈不仅热情好客，还会免费带着大家复习功课、指导作业。

因为是教师子女，爸爸妈妈又都这么优秀，雨沫一直告诉自己"好好努力，好好学习，千万不能给爸爸妈妈丢人"。

升入高中以后，她所在班级的物理老师刚好就是爸爸。

因为有了这层光环，同学们提起她总是打趣道："有这么优秀的父母，你也一定很优秀吧？"日久天长，这些话落进雨沫心里，形成了一道巨大无形的屏障，使她无法触碰到真实的自己。

因为不想给爸爸丢人，所以她拼命学好原本没那么感兴趣的物理，拼命想取得好成绩，一刻都不敢松懈。

在同学们都去放松玩耍的假期，她会埋头扎进习题海洋里。

当女孩们都在讨论明星八卦时，她会笑笑，戴上耳机继续背单词。

有时候她不知道自己这么努力，到底是为了成为父母眼里的好孩子，还是赌气，想要向这个世界证明自己也不差，抑或是误把人生目标设置成"千万不能给爸妈丢人"……直到一次次在电视上看到范丞丞在综艺节目中，展现出来的轻松平和的人生态度。

"以前我一直想要成为一个滴水不漏的大人，或者做一个完美小孩。"

"但自从喜欢上范丞丞以后，我发现，人生还有新的选择，新的思路，那就是在亲近的人面前完全展现真实的自己，学会分享快乐与悲伤。努力变好并不意味着画地为牢自顾自努力。"

无论何时，请千万记得，我们要追逐光，而不是被光完全笼罩自己。

雨沫的爸爸妈妈很优秀，但并不意味着，雨沫必须成为父母那样的人。

范丞丞有独当一面的时候，也有放飞自我的瞬间，跳舞时一本正经全力以赴，玩音乐时灵感四射把创作放在第一位，参加综艺时又会抛掉所谓的"偶像包袱"，和好朋友们打成一片。

严肃认真是他，调皮可爱也是他。

努力奋进是他，放松治愈也是他。

他一直想要证明自己，但并没有陷入"梦想的执念"，相反，范丞丞身上有一种大多数艺人都稀缺的松弛感，他很努力，但从不盲目，会坦然接纳生活中迎面而来的风雨与恩遇。

"我想因为是范丞丞而被大家知道。"这点就是最打动雨沫的地方，她说，"我喜欢他三年了，我很喜欢在做自己的范丞丞！"

在这个浮华的世界里，他始终不忘初心。

没有因外界的声音摇摆过，他只想成为自己喜欢的模样，而不是大众、资本眼中的完美偶像。

说到这里，雨沫感慨道："很高兴能在枯燥的学生时代遇见

他，他的故事带给我一种全新的成长思路，以前我以成为'复刻爸爸妈妈的优秀'为目标，而现在，我想要做自己，去做自己喜欢的事情，去成为自己想要的优秀模样。"

雨沫还记得在那个舞台上，范丞丞填词rap的《Very Good》，有句歌词是："2000年6月16那天我在青岛出生，和别的孩子一样在小时候哭得大声。诞生下来那些伴随我的谩骂声，我对梦想开始质疑同时开始发蒙。"但纵然外界声音纷杂，范丞丞依然可以用自己的方式拨开云雾，找到自己坚定要走的那条路。

他说："不管走什么路，我都希望喜欢我的人可以看到我的成长和独立。"

事实上，他做到了。

出道这几年，雨沫一点一点见证他的变化与成长。在《蒙面唱将猜猜猜》第四季的舞台上，范丞丞摘下面具后，面对镜头快言快语，说因为想唱自己喜欢的歌，所以来了这个舞台。在这个任何选择都要去观察市场的娱乐年代，当偶像作为一种符号，当艺人们要拼命想话题来吸引聚光灯，我们已经很久没有听到这样简单有力的声音"就是因为喜欢"，没有理由，没有目的，只是想要做回自己。

范丞丞说出了95后、00后所有年轻人的心声。

同一个舞台上，当其他人表示"音乐是自己的全部"时，唯独范丞丞给出了不同的答案，说出了自己的心里话。

他说："音乐不再是我的全部。"

虽然喜欢，但他毫不遮掩自己对于其他事情同样浓烈的兴趣，比如演戏。在他看来，年轻人可以尝试任何自己喜欢的事情。只要喜欢，只要努力。

"我就是很喜欢他这份真实，从不妥协，面对喜欢的事情，他比想象中更能坚持更有勇气。"

现在的范丞丞除了歌手身份，还是演员。网上有关于他在横店拍戏的一些视频，镜头里，是凌晨五点半，范丞丞正在蒙头大睡，但当听到工作人员说"导演快到了"时立马清醒，揉揉惺忪的眼睛打起精神去工作。

不是科班出身的他，在演戏上就要更下功夫。对于新人来说，最大的难点在于"进入人物内心"，需要不断去钻研情节、吃透角色，同时提高自己的台词能力和肢体语言，不断练习情感表达，沉浸式投入剧情，用自己的方式把角色多层次的性格表达出来。

如果说作为歌手，考验的是专业性与舞台技能。作为演员，考验的则更为全面，你必须"跳出自己"，才有可能成为其他角色。

作为演艺新人，范丞丞在用自己最大的努力，以最短的时间去呈现更多好的作品。早前有媒体爆出，范丞丞在剧组研读剧本，深夜当老师们说可以回去之后，他仍然在沙发上坐着不动，认真揣摩。

在他拍摄的青春剧《左肩有你》的路透视频里可以看出，他在片场拍戏时无比认真，休息时又恢复到那个带着明朗笑容的大男孩，他想努力成为更好的自己，更好的演员——剧组场地辗转于东北的冰天雪地，他也不觉得辛苦，对梦想的热爱让人足以包容一切。

面对媒体采访，他会很意外地说："喜欢这种忙碌的状态，这是艺人的常态，没什么好心疼和惋惜。"

是啊！这个时代，又有谁是轻松的呢。

我们喜欢一个人，当然是因为他比常人有更强的意志力与更耀眼的闪光点。你的偶像是需要通过自己努力变得更好，而不是靠你去喜欢他变得更好。

　　"我们每个人都是要靠自己的能力去成长的，比起怨天尤人，我更喜欢内心强大的人。"雨沫说，"当然啦，这里的'强大'不是说偶像必须无坚不摧，像英雄一样的存在，他当然会有迷茫和焦虑的时候，但面对这些困难最终他不会选择放弃，而是能够依靠自己的努力去跳脱情绪沼泽，就很了不起。"

　　当我们喜欢上一个人的时候，他或许是展现在公众面前的样子：帅气、绅士、少年感、镜头下毫不做作的自然流露与面面俱到的高情商。

　　可当我们真正爱上了那个人，就发现他原来有那么多的喜怒哀乐，他也会脆弱，也会悲伤，也会任性，会有做得不够好的时候，会有像普通男孩一样的顽皮与脸红，有时候他也会犯错，会让人觉得不明所以，也许那个时候你会困惑"我为什么会爱上这样一个人"，但这时请千万不要忘记——你能看到这些，是因为他也爱着你。

　　有句话说，在这个世界上，很多人能拒绝爱情、拒绝金钱、拒绝名声，但没有人能拒绝真诚。

　　"我喜欢范丞丞，因为他对粉丝会回馈同等的爱与尊重。"

　　他会在圣诞节时装扮成圣诞老人，为粉丝准备惊喜；在参加活动时，头上一直戴着粉丝送他的头箍，对粉丝的在意融入了他的生活……处处都是细节，处处都是礼物。

　　这个20岁出头的男孩，看起来不善表达感情，但所作所为从来没有令粉丝失望。

　　他说："成长这门必修课，我会交出一份让所有人满意的答卷，因为我是范丞丞，我永远在路上。"

　　生活中的范丞丞喜欢和朋友们待在一起，开卡丁车、打游戏、撸狗……

出道三年里，这个双子座大男孩似乎越来越轻松，也越来越愿意把自己生活中真实的一面展现在大众面前。

他在媒体采访中说起自己的变化："刚刚出道的时候，我是一个特别追求完美的人，觉得作为一个'偶像'就应该把自己最完美的一面呈现在人面前，很多东西不完全准备好就不想给大家看，这也给了自己很大的压力。但现在，我觉得'完美'并不是最好的状态，真实一些，轻松一些，不必那么精致，反而能让更多人愿意去了解你，让你获得更多的机会。"

"不再犹豫，不再避开"，这是范丞丞单曲《I'm here》中的一句，也成为雨沫最新的座右铭。

这个暑假，雨沫终于鼓起勇气去找爸爸妈妈聊了自己内心的想法，敞开心扉说出自己从小到大的困惑，以前她一直以爸爸妈妈为榜样，但"过分想要证明自己"反而让她心理压力很大……想要成为更优秀的人没错，但前提是明确自己想过怎样的人生。

就拿"爸爸是物理老师"这件事来说，因为看到爸爸对于物理的由衷热爱，所以过去的雨沫对于自己的规划是将来报考理科类大学——另一方面，她又清楚感知到，自己更感兴趣的是类似汉语言文学或新闻传播学专业，面对未来，她决定为自己努力活一次。

听到女儿这些话，雨沫爸爸心疼地摸了摸孩子的头，他不知道女儿心里居然有这么多心事、这么大的压力。

"爸妈从来没有'你未来一定要如何如何'的想法，我们只希望你平安快乐地长大，我们每个人都是独立个体，每个人都要去追求自己的梦想，你就是你，你有权利选择自己想要的人生。去做你喜欢的事情吧，走你想走的路，就像你的偶像一样。一个人只要忠于自己内心的选择，就很优秀。"雨沫爸爸这段话，不仅让雨沫无比感动，也打动了听故事的我。

何其有幸，能够同时拥有理解自己的父母和积极向上的偶像。

从那以后，在父母的鼓励和偶像的正能量引导之下，雨沫开始对未来有了明确目标。

"我现在就想好好努力三年，将来考到北京的大学。离我的梦想更近一点，也离偶像更近一点。"

恰巧，在这个夏天又来北京找表姐玩的雨沫，在社交媒体上看到我写《追得上星星的女孩》这本书便联系到了我，采访快要结束的时候，我问她，假如有一天你见到自己的偶像，你会说什么？

她说："范丞丞，谢谢你出现在我的生命里，借着你的光，我看到了没有看过的世界，也找回了原本的自己。"

她的话让我想起之前范丞丞说的，他最骄傲的就是拥有了这么多粉丝，他很感恩粉丝给他的鼓励、帮助还有勇气。他说如果没有粉丝，就不会造就今天的他。果然，偶像与粉丝之间的正能量影响总是相互的，他们在各自的人生道路上，用尽全部的努力、真诚和光芒去追逐自己想要的人生。

面对未来，雨沫给自己的定位是一个追光者，是以星星为目标。

"我们都一样，只要按照自己的节奏去好好生活，总能抵达梦的地方。"

最短的路，不一定最快到达，但只要脚步不停，满怀希望，梦想总有照进现实的那一天。

Zhi

致积极

生活的你

王 菲
——我的偶像让我别崇拜她怎么办

"不做千万人的天后，我只做自己的传奇。"

如果非要选出一位女艺人作为"全民偶像"，除了王菲，我想不到第二个。

在一次明星聚会上，主持人问大家："你们最羡慕谁？"

歌手郑秀文回答道："如果说羡慕，只有王菲一个。"

记者追问："为什么？"郑秀文露出羡慕的神情说："大多数时候，我们只是艺人，而王菲是生活艺术家。她爱自己爱得深沉，活出了我们渴望却难以达到的样子。"

王菲在所有人心中，都是特立独行的存在。她的粉丝横跨70后、80后、90后，各种职业，不同生活背景的人都喜欢她。她不是夜空中随处可见的星星，而是唯一的不可替代的月亮啊！永远清清爽爽，阴晴圆缺甚至消失不见都有自己的风格。

就拿娱乐圈来说，王菲的这些"明星粉丝"，也有不少热烈的追星故事。选秀出道的马天宇是王菲的忠实迷弟，曾在微博表白王菲；大小S称她为终极偶像，向来"毒舌"的小S一想到要采访王菲，就流露出小女孩的窃喜与温柔；田馥甄把偶像王菲的名字干脆写进歌里，在演唱会上翻唱喜欢的人的歌，代入王菲的几分空灵感

去演绎《人间烟火》，录节目时见到王菲本人，更是激动到失控大
哭，落下的眼泪亦是少女的整个青春……

今天故事的主人公，沈青安，也是王菲众多粉丝中的一位。

比较特别的是，我们是电话采访的。此刻的她，正在云南大理
古城的客栈里，望着天边的云卷云舒，内心翻滚起自己的追星故事
来。而我，在起床后拉开落地窗纱看见满屋子洒下来的阳光，打开
音乐播放器，点了那首《清风徐来》，王菲清脆的声音踏着初夏的
朝阳，娓娓道来。

我们都很喜欢王菲，虽然我本人不追星，但王菲的歌曲常年在
我的收藏夹里。

"那份慵懒、随性和天真，让人觉得那就是王菲的本色。"

沈青安说，她已经喜欢王菲十几年了，最开始是因为学校广播
站总放她的歌，她喜欢她的歌声，婉转空灵，仿佛可以把少年的心
事带向远方。后来日子久了，愈了解愈着迷，才发现，自己喜欢的
不仅是她的歌，还有她这个人，她的为人处世，她的价值观，她那
种永远至情至性忠于自己内心的潇洒。

"你最喜欢她哪首歌？"沈青安问我。我想了一下回答：
"《流年》《偿还》《当时的月亮》。"

沈青安笑了笑，说："我最喜欢她的那首《你快乐所以我快
乐》，看似在讲述情感深处的羁绊，但又多了几分漫不经心，就像
她这个人，她的快乐，她的退缩，她的爱和付出，她呈现在大家面
前的样子从来都只有一个原因，那就是'我愿意让你们看到真实的
我'，她遵从本心，顺应本能，她的洒脱不是因为不在意身边人，
而是活得太通透了，只把所有经历都当作一种体验。"

那个时候，沈青安在读中学，十八线小城里的学习氛围更显凝
重，唯一能让她放空自己去畅想未来的，是一个小小的MP3。

"可能很多年轻人现在都不知道这个玩意儿啦,当时在我们班里超火的,几乎人手一个,没有别的功能,只能听歌。"

"内存里的歌曲都需要提前从电脑上下载下来。"

沈青安还记得,她那个红色MP3的内存不够,只能存200多首歌曲,其中大半是王菲的歌。因为家里没有电脑,这些歌曲还是沈青安拜托好友帮忙下载下来的。在王菲之前,那个年代能够通过流行音乐,被大众熟知的女生形象,要么是邓丽君那种符合传统文化的"我只在乎你"的温婉可人,连灵魂都是温柔的;要么是林忆莲那种带着淡淡的忧伤,因为"爱上一个不回家的人"而百般隐忍,将女性在感情中吃的苦头,描绘得淋漓尽致。但王菲的歌里更多代表了新时代女性的一种价值观,她教会我们可以为爱勇敢,更要坚定守护好"自我的本心"。

当爱情来临的时候,可以为爱放下"矜持",一句飞蛾扑火的"我愿意"足以扫清长街雪;她唱美好的"约定",亦无惧人生偶尔的"迷路",她会对爱的人真诚祝愿,但愿你的眼睛,只看得见笑容;她能够以更坦然的姿态去面对生命中所发生的一切,她知道,相聚离开,都有时候,没有什么会永垂不朽,便用尽全力投入这锦瑟年华里,谱写出自己的章节。

她简单、纯粹,身处娱乐圈,但快活得像个小女孩。她从不牺牲自己去迎合别人的喜欢,市场和歌迷,却始终追随;她从不教女孩大道理,却陪伴着一代又一代的年轻女性长大,直至成为彼此理想中的样子。

"那个时候,我就想等自己长大了,一定要去听一场王菲的演唱会,还要去香港感受粤语浓郁的气氛。去北京的胡同里,感受烟火气息。还要剪短发,像王菲一样,穿不俗的衣服,找到属于自己的风格。"

　　沈青安给我发来她那个时候的大头贴照片，乖巧的娃娃头，齐刘海，和那个年代大多数女孩没什么区别。

　　"我以前还担心，再过五年、十年，王菲是不是就不红了。"

　　现在来看，这种忧虑纯属无羁。有些人生来就是为了成为时代传奇。王菲曾在访谈中说自己最大的烦恼就是太红了！近30年了，这一点没变过。她的歌曲，她的爱情，她对孩子的教育方式，她的一举一动都牵动着大众的心，时不时就来一波"青春回忆杀"。

　　在娱乐匮乏的20世纪80年代，十几岁的王菲已是央视节目的C位。20岁，王菲以粤语歌曲《仍是旧句子》正式出道，三年后凭借一首《容易受伤的女人》爆红全亚洲。此后，她开始不断挑战自我，转而尝试更小众的音乐风格。

　　和大部分歌手不同，王菲几乎每出一张专辑都会被认为是她的代表作。拿我来说，沈青安问我最喜欢她的三首歌，我可是筛选了好久才给出最终答案。

　　纵观华语流行乐坛，拥有这样"零差评"口碑的歌手也没几个。除了歌曲上的成就，在影视领域，王菲也有着备受大家喜爱的经典作品。

　　导演王家卫是个心气多高的人，却从不吝啬对她的赞美："王靖雯（王菲）是我合作的女演员中最特别的一个，因为她不用力的，演戏不需要用力，她很有天赋。你叫她做什么，她有办法让这个角色成为她自己的一部分。她是很无所谓就做到了，但是，你看她这部分的时候又会觉得就是要她演才行。"

　　这种浑然天成的轻松感和独特性，只有王菲拥有。

　　一个鬼马精灵的女演员，一个天马行空的导演，相遇之后，便有了那部著名的《重庆森林》。

　　在这部电影里，王菲不像是在演戏，更像是在体验某种生活。

"我现在闭上眼睛,都能想到王菲在电影中的样子,短发,穿一件简简单单的白T恤,戴着墨镜,将收音机的声音开到最大,摇头晃脑听着音乐,喜欢编号663的梁朝伟,想去加州。镜头闪过她脸上的漫不经心,我甚至觉得她就是在演绎自己。"

她的放肆与不按常理出牌,恰到好处,毫不做作。她那双清澈灵动的眼睛,仿佛被时光定格。你看今天的王菲,她的眼睛和状态,和多年前没什么差别。皮肤上偶有细纹,但眼睛里永远有光。

能够保持这样好的状态,不只是靠化妆品,更是有一颗开阔的心。

王菲的圈内好友赵薇在节目《幻乐之城》中说:"一个人做自己是一件特别难的事情。我们总会为环境,为周围的人去妥协,哪怕是对的也很容易去放弃。但她是不会妥协的。"

"做自己,还能与世界和谐相处。"何其可贵。

十几年前,她在颁奖礼上忘词,张学友想救场,她说:"不用,我想想。"全场人屏息等待,片刻过后,她又自顾自笑起来云淡风轻地说:"想不起来,我们接着颁奖吧。"全场大笑。

这种事发生在王菲身上一点儿都不奇怪,她就是这样随性,从不在意外界的看法。对王菲来说,她只专注于自己喜欢的事情,无论是谁,都不能打乱她的节奏。在演唱会上遇到鞋子不合脚,就干脆不穿了,光脚唱歌。粉丝买了票来到现场,王菲倾尽全力为大家带来视听盛宴,从头到尾除了三声"谢谢",从不说多余的客套话。

这些年,日常接受记者采访中,她最常见的回答就是"我不知道""我不认识""我没什么可说的"……只要记者的问题很唐突,或者涉及隐私,王菲都会选择正面刚回去。初生牛犊般的勇气从未消散。她不怕得罪任何人,是因为她明白自己的爱和善意要给对的人，而不是居心叵测的人。

王菲跟窦唯离婚后，有人问她："有没有考虑给女儿找一个理想的父亲？"她听完以后，说的那番话至今被很多人认为体现了最好的家庭观："没想过，我为什么要给她找理想的父亲，我女儿有自己的父亲，我要找的是我的伴侣。"

就在去年年初嫣然天使基金跨年派对上，王菲和女儿李嫣一起舞蹈的视频上了热搜，视频中的她神情快乐，手舞足蹈，完全不像一个已经50多岁的女性。

这些事情，听起来都挺"反偶像规则"的吧？她从不刻意宠粉，不会讨好市场和资本，跳出世俗对于女性种种刻板的条条框框，她不是明星，也不是艺人，她不被任何情感所绑架，她只是她自己。世界无论怎么变，她依然按照自己最简单那一套方式活着。

王菲曾亲自给歌迷写过一封公开信——"我直来直去，得罪人成了家常便饭。爱发脾气，不懂得控制情绪，我缺乏耐性，尤其对不感兴趣的事情。我自信也自卑，矛盾得要命"。

"我不是偶像，别崇拜我。"她这样说。电话那边的沈青安说起王菲的这些趣事来，忍不住笑出声："我倒是觉得，王菲最特别的地方，就是压根活得不像一个女明星，可以真实地做自己，那种'关你屁事'和'与我无关'的不入世心态，太打动我了。"

要知道，现在有多少年轻人，压根不敢做自己。

沈青安高考后离开了老家，去了上海财经大学，毕业之后顺利进了一家业内口碑很好的基金公司，一待就是七年，从普通的基金经理一路干到管理层。自己靠着辛辛苦苦积攒下来的存款和部分家人资助，在上海买了房子，从此告别"沪漂"的身份。

"刚买房时，虽然压力大，但还是很开心，觉得自己终于在偌大的城市里有了家。"

对于曾经那个只能听着MP3仰望天空的小镇女孩来说，沈青安30岁以前，可以说实现了"人生的逆袭"，但随着职业进入瓶颈期和公司的业务调整，沈青安愈发焦虑。

"当你在一份工作里感觉到模式化，就像螺丝钉一样，日复一日，重复着类似的事情。然后在日渐忙碌的城市里逐渐找不到人生的新方向。"

沈青安回忆起前几年的生活来，不能说不快乐，只是每个人对于幸福和成就感的标准不同。沈青安很清楚，买房、升职，都不能唤醒她内心真正的喜悦与安宁，面对"大龄女青年"这个标签，身边所有人都开始催她快点相亲快点结婚生孩子……却没有人问过，她到底想过什么样的生活。

"你要考上一所好大学。"

"你要找一份体面的工作。"

"你要嫁一个有房有车对你好的男人。"

"你将来要成为一个温柔的好妻子，兼顾家庭，做个好妈妈。"

……

从小到大，女性都活在别人的期盼和世俗为我们定义的成长轨迹中，我们就这样，一步一步活成别人期待的样子，忘记自己本来的样子。

很少有人关心："你喜欢现在的生活吗？你开心吗？你想要的人生是什么样子？"

过去，沈青安在所有人眼里都是一个"好孩子"。

人生的转折点发生在30岁的生日。

那天她一个人在新装修好的房子里，为自己吹了蜡烛，打开冰箱，拿出一瓶桃子味气泡水，房间里播放着王菲的《无问西东》。在秋夜，万分寂静的时刻，她仿佛感觉到有露珠在草叶上凝结的清凉感。

手机里是寥寥无几的生日祝福，大意是，让她抓紧"青春的尾巴"去恋爱，去结婚。

沈青安不是没有尝试过相亲，但每次去强迫自己见陌生人，她只要下意识地想到"和这个人共度余生"，就很抓狂。

"我不是反对爱情和婚姻，只是觉得，一个人的价值不该只是如此。"

当在我们努力复制别人"看起来很好的人生"时，其实会把自己给弄丢。

尤其是，当你拼尽全力，依然活不成别人期待的样子的时候，你会更讨厌那样的自己。

在电影《无问西东》里，时任清华校长的梅贻琦说："什么是真实？你看到什么，听到什么，做什么，和谁在一起，如果有一种从心灵深处满溢出来的，不懊悔也不羞耻的，平和与喜悦，那就是真实。"

人只有活在自己真实的向往里，才能收获踏实的爱与快乐。

那段时间，沈青安和身边的朋友经常聊天，也尝试去旅行，去做不一样的事情，后来萌生出一个想法——"开客栈"。

"我从很早以前就梦想自己可以去一座古城，开一间客栈，听起来或许有点不靠谱，但这就是我内心里最想做的事情，我没有办法欺瞒自己。上海很好，机遇多，资源多，我很感谢这些年自己在这里努力打拼得到的一切，但不同的人生阶段有不同活法。"

"听着王菲的歌，我想，趁着自己还没变成那个自己讨厌的大人之前，我要做出改变。"

犹豫了很久，沈青安最终在那年冬天辞职，将房子租了出去，

带着一只狗，一人一车，来到了大理生活。

"刚来的半年主要是考察市场，本来打算一切准备就绪就把上海的房子卖掉，后来遇到了志同道合的朋友，决定一起分摊成本，开客栈，就没有卖房。"

当你想做一件事的时候，全世界都会帮你。

沈青安在洱海附近的民宿开得比较顺利，虽然称不上"网红店"，但在她的经营之下，慢慢有了起色。最重要的是她在这种祥和、慢节奏的生活里逐渐找到了自己，找到了新的人生方向，不再容易焦虑，也不会轻易被外界的声音所左右，每天傍晚骑着自行车去洱海旁边吹吹风，她说："我感觉特别特别满足，活到30多岁，才终于体会到做王菲的快乐。"

沈青安爽朗的笑声感染力十足。

是啊！其实我们爱的不只是王菲，更是爱着幻想中的自己。

"像王菲一样做自己！"就是在不伤害他人的情况下，无须在意社会上的刻板标准和他人的要求。

到现在，网络上关于王菲还是褒贬不一。有人说她做母亲不够格，吐槽她太任性，把结婚离婚当儿戏……他们却忘了一个最核心的点，就是能够评判她"是不是一个好母亲"的唯一标准，就是两个女儿的感受。

稍加了解过的人都知道，王菲给予女儿的家庭教育是宽厚而有序，轻松而不桎梏对方，"你可以不用太乖，但不能变坏。"

大女儿窦靖童在音乐界做得风生水起，追求自己对于小众音乐的热爱，从不刻意模仿任何人，却每次亮相，都被大批年轻人追随。她和她的母亲一样，不在意世俗眼光，只着重于自己的理想。小女儿李嫣，钢琴、书法、舞蹈样样精通，在学校拿奖拿到手软。

两个女儿，无一例外，都正在闪闪发光地生活着。

孩子们说："我们家不管年龄大小，都是平等、受尊重的。大家交流都是非常平等的，所以没必要去叛逆。"

在家里，王菲唤女儿窦靖童为大姐，李嫣是二姐，她自己是三妹。

"无论多大年龄，都能像孩子一样去活着。"这是件多么了不起的事情啊！我和沈青安忍不住感叹道。

镜头前的王菲高冷寡言，私底下却是一个再简单不过的女孩儿，爱唱爱笑，喜欢和朋友打打闹闹，喜怒哀乐从不掩饰。

人到中年，身边还围绕着一大群知心好友，王菲把大家组了个"六一班"，然后会发起各种睡衣、校服、运动会主题派对。

很多人爱她，不只是因为她的歌，更是因为她活出了所有女孩理想中的自己。不去讨好世界，任外面变化万千，我只管做好自己，爱谁谁。

面对感情，王菲永远大方坦荡，相爱时拼尽全力，分开后各自欢喜。面对梦想，王菲从不随波逐流，坚定自己所选择的，热爱自己所热爱的。

她可能是最像明星的"星"，有着不食人间烟火的仙气与通透，笑容璀璨，如山花烂漫。同时，她是最不像明星的明星，潇洒如风，比任何艺人都"接地气"，所作所为，只为取悦自己，这就是王菲。被我们深深爱着的王菲。

采访结束时，我和沈青安祝福对方，永远忠于自己内心真实的感受。

就像王菲说的那样："这一世短暂，我要为自己而活。"

我自风情万种，与世无争。

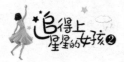

李宇春
——我追的不是明星，而是我的青春

当所有人告诉我"你应该活成什么样子"，只有你，身体力行，用自己的故事证明，每个女孩都有掌握自己人生的权利。

在这个千篇一律的"造星"时代，你是我青春里独一无二的存在。

一

说起国民初代偶像，李宇春，当之无愧。

十几年前，她出道的时候，有人曾断言，李宇春火不过三个月，但16年过去了，任娱乐圈风云变幻，李宇春仍然被一代又一代年轻人簇拥，被市场喜爱。

英文里有一句谚语：No pain no gain.

意思是：没有投入足够的努力，是不可能得到相应的回报的。

苏婵是老玉米了，也是本书所有采访对象里年龄相对大一些的，今年她要过自己第三个本命年生日了。她开玩笑说自己是大龄"追星少女"，但在和她的接触中，可以感受到她是一个平和、坚定，简单而又对世界充满好奇心的女孩，她说自己能有这样的好心态与她的偶像李宇春脱不开关系。

有人说李宇春变了，好像更开朗、更愿意打开自己了，在个人风格和艺术形式上也不断尝试突破，越来越前卫。

但有时候我又觉得，她好像什么都没变，还是那个干干净净的女孩。

一如初见时那样，站在舞台上安安静静地唱歌。

时光流逝，曾经的少女们也都踏入社会变成独当一面的成年人，而苏婵永远不会忘记那个夏天，这个太阳般的女孩是怎样闯入了她的生命的。

那一年，苏婵正在读高三，争分夺秒的题海战里，能牵动她心绪的只有"李宇春"三个字。每天复习完功课以后会溜到QQ空间里实时浏览大家发的关于李宇春的动态，分享李宇春的歌，转发她的照片和新闻，每一次舞台的表演都能反反复复看好多遍。

不仅是苏婵，整个学校的女生，在那一年，大家都争先恐后去剪短发。

可以说，李宇春与众不同的帅气短发亮相，开启一代人不可比拟的青春记忆。少女们不再只是穿裙子的淑女模样，也可以梳起短发，飒爽微笑，快乐的笑声飞扬在校园每个角落。

这个有着干练短发和低沉嗓音的四川女孩，一夜之间成了全国焦点。

"你知道当时李宇春有多火吗？"苏婵回忆起那段难忘的青葱岁月，忍不住手舞足蹈起来。

在那个短信收费一张票一块钱的年代，李宇春在决赛之夜收到了352万票，大街小巷到处都能看到支持李宇春的人们举着牌子示意，其中不只有学生群体，更有慷慨激昂的叔叔阿姨们，各行各业，各个年龄阶段，男女老少都涵盖其中。

在学校里，大家更是以"我给李宇春投票了"而感到骄傲，作为社交谈资。

李宇春在舞台上的一举一动，都牵动着全民的心情起伏。

"谁在最需要的时候轻轻拍着我肩膀/谁在最快乐的时候愿意和我分享……"说着说着苏婵忍不住哼唱起来。

那个盛夏，因为李宇春的出现，苏婵对于高三的记忆不再只是做不完的练习册和黑板上严肃的倒计时，而是清亮的歌声、每个周末打开电视机的期盼，以及和好朋友们挤在一张床上畅所欲言，幻想着长大以后，也要做一个像李宇春那样酷的女孩。

她们约定好，等将来工作了，就拿第一个月的工资，去买李宇春的演唱会门票。

她们相信自己喜欢的这个女孩，未来一定会站在更大的舞台。

她们也相信自己的人生，将永远熠熠生辉，带着美好憧憬向前。

高考完以后，苏婵和同学们去KTV里通宵唱歌，大家举着气泡苏打水，竟也喝出几分醉意。那是青春酣畅淋漓倾尽全部的努力过后的片刻微醺。

苏婵在欢声笑语间在点歌屏幕上不停输入"李宇春"三个字，却因为小镇的KTV系统老化，当时还没有第一时间收录李宇春的歌曲，索性就自顾自唱起首《唱得响亮》，后来，不知怎的，大家都跟着唱了起来，唱着唱着大家又紧紧地拥抱在了一起。

"我永远不会忘记那个夏天，阳光、暴雨、歌声，我们又哭又笑地就长大了。"

李宇春和她的玉米们，从此命运紧密相连。

不只是苏婵，连高晓松回忆当年，都记得全北京的唱片公司集体拉横幅写着"欢迎春春莅临"，由大街小巷标志性"玉米黄"开始，内娱迎来真正意义上的粉丝经济时代。

所以对80后、90后来说，李宇春不仅是一个流行偶像，更成为

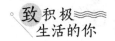

一种文化符号。

她代表的青春、无畏、纯粹，激励了一代年轻人的成长。

二

这几年经常会有一些关于偶像的负面案例频上热搜。

每每如此，苏婵就会很庆幸，她喜欢的人永远都那样坦坦荡荡，不忘初心，看多了别家"塌房"事件，我真的明白了啥叫"粉对了人，每天都是过节"。

苏婵在李宇春的贴吧里曾经写下这样的语句。

从十几岁喜欢上李宇春开始，她就养成了的习惯，常年会把自己的追星故事和对于生活的美好点滴感悟，都记录在"李宇春吧"。

而从李宇春出道起，她的贴吧，十几年来都有许多忠实粉丝把那里当作精神领域的秘密花园。李宇春每年也会在新年之际来这里和大家互动。如今贴吧早已不像从前那样人气高，但李宇春从未让玉米们空等过，实力将宠粉进行到底。

说到这里，苏婵还提醒了一个小细节："春春其实从不叫她的支持者为'粉丝'，她通常会把喜欢她的人称作'歌迷'。在她看来，歌是自己与她们唯一的连接。她更愿意用作品去和大家进行交流。"

一直以来她都和"循规蹈矩"没什么关系，不遵从大众印象中的主流审美，不做粉丝、公司心目中的提线木偶般的偶像，出道十几年，她一直坚持做自己。

"所以在我心里，她不是一个明星，而是一位良师益友。用她的美好品格提醒着我不要忘记自己来时的路。"

这些年来，李宇春与玉米们的关系并非时刻捆绑，反倒是一

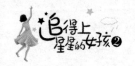

种松弛、有序的状态。各自追求更好人生的同时，偶尔记得来报个喜。

很多歌手一旦走红，都是快速走"圈钱路线"。

但李宇春的选择完全不同，她拒绝赚快钱，更拒绝赚粉丝的钱。李宇春从不利用粉丝经济来赚作品以外的钱。除了为配合演唱会和专辑的形象概念，曾限量发售过一次T恤和旅行箱，绝大多数时候她售卖的只是专辑。她在《快乐男声》做评委时，曾说过自己对演艺圈生存法则的理解："扛得起光环，也要经得起光阴。"

走红以后的李宇春很清醒，拒绝消费粉丝，至今也没有成立个人后援会。

近几年，她在访谈中说："我不想刻意消费粉丝，即使是十年前都不会做这件事情。"

她拒绝过很多送上门的赚钱机会，也甚少参加圈子里的饭局，甚至很少上综艺节目，一心扑在音乐上，沉醉于自己所热爱的世界。在苏婵看来，她特别喜欢李宇春的一点是，这个女孩走到今天，从不依附于任何人。

拒绝随波逐流，拒绝被定义，拒绝被市场推着走。

别说娱乐圈诱惑那么多了，就算是普通人，又有多少人能做到拒绝这件事？

苏婵接着说道："她简单、清醒和对于自己的忠诚，绝对不会做有违内心的事情。"

16年过去了，当年许多追随着李宇春的青葱少年，如今已人到中年，但内心和李宇春一样，依然保持着最初的那份初心。

现在已经有了经济基础的苏婵，偶尔也会在李宇春来到自己城市的时候，去接机，但并不勉强，如果时间不合适就回头再去。每次李宇春开演唱会，都尽量抽空去看，如果工作太忙就在加班后的

夜晚在网上看视频。她还是很喜欢李宇春，但渐渐地，那份炙热的
追逐变成日常的陪伴。

"爱与被爱，一起成长"八个字是我的追星主旨。

苏婵笑着说。

三

出道这些年，李宇春时刻保持自律，零绯闻，简直是娱乐圈里
的一股清流。

所以，一个人能红这么多年从来不是侥幸。

现如今，从舞台走向台下，已经成为年轻人导师的李宇春，也
经常思考关于偶像的意义。

她曾经在访谈节目《十三邀》里和主持人许知远对谈，当提
到"偶像是什么"这个话题时，李宇春思索过后给出了三个词：质
疑、生意和忍辱负重。

当所有人都羡慕偶像的光鲜亮丽时，却很少有人关注其背后一
路走来的崎岖。

李宇春在接受采访时说："你问我这些年我做了什么走到今
天，不如问我拒绝了多少。我只是在从事一份演艺的工作，那只是
工作而已。我的根不在那儿，我知道自己是谁，我是一个平凡人家
的孩子，我也希望可以一直这样下去。"

在某选秀节目的录制现场，李宇春突然意识到，当偶像已经
成了大家习惯的一种说法。言外之意，偶像就是一个职业。这个
"当"字，让李宇春心底产生了一些疑问——什么叫当偶像？偶像
是一个职业吗？在李宇春的世界里，"当"这个动词，应该是放在
某个职业前的。比如我想当歌手，我想当演员，从而每个人都要为
了自己的职业发展不断精进专业技能，可如果偶像成为一种职业，

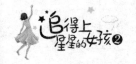

那评判这个职业的标准应该是什么呢？流量还是商业价值？

其实我心里知道，这种"当偶像"的思维可能是来自日韩娱乐工业的idol文化模式，可是中国目前还没有形成成熟体系，仅仅挪用概念而未建立完整生态，这样的种子在我们的土壤中是否是成立的？

李宇春更认同的是，偶像不是自己说"当"就能"当"的，只有在某些地方表现出自己的过人之处，被别人认可，才会成为一些人的偶像，偶像应该是被"赋予"的。

偶像绝不是"自封"的，更不是一个带有强目的性和标准的职业。

它可以是梦想的衍生物，也可以是当你足够努力被人看见后的光芒所在，是能够带给别人快乐、温暖和爱的精神价值，是因为背后有了信任你的支持者带来的仰望，偶像才能发光。

所以，粉丝与偶像，原本就是一体，相互依赖，彼此成长。

为什么爱她？因为她清醒独立做自己，干净洒脱守本心。

这十几年来，顶着各种流言蜚语，李宇春选择专注于自己的工作领域，用音乐来表达自己。她连续十几年举办《Why me》演唱会，每个时期的作品都透露着她对社会问题的关注与表达，并把自己对于世界的好奇心都注入音乐。

2009年，她推出《蜀绣》，推广家乡四川的传统蜀绣文化。

2012年，发行专辑《再不疯狂我们就老了》，唱出自己的青春态度。

2014年，专辑《女神经》中，李宇春正面表达了自己对于"女性美"的观点，不应该被外界框定成统一的模板。

去年年初疫情肆虐，李宇春特意唱了一首《给女孩》，愿你被这个世界温柔以待，心中撷满爱，给了很多女孩力量与勇气。

"我真的超级喜欢这首歌！"在苏婵的成长经历中，因为出生在一个相对传统的家庭，当初高考报志愿的时候，家人都让她报考幼师专业（为了将来有一份稳定工作），而苏婵真正喜欢的是文学与哲学，所以坚持报考了哲学系。

当时家人都不理解，对她说："你学哲学有什么用呢，能研究出啥？哪家公司需要一个懂哲学的员工？"

面对家人的不理解，苏婵开始很逆反，完全不听不顾，后来沉静下来以后去和妈妈深度沟通了自己的想法，讲述了她对于哲学的理解。"哲学"不是没有用，而是建立在你对这个世界更透彻的理解上，虽然不一定好找工作，但她是真心沉浸在哲学的世界里，这份热爱带来的幸福感与成就感是其他任何事情都无法比拟的。

她还记得22岁的李宇春曾在回答记者时说的那句："'梦想'就是代表自己心里一直以来从未放弃过的执着追求吧。说实话，我没有特别大的所谓的理想。就是喜欢。喜欢，所以想一直做下去。"

这也成为她的生活追求。

看着女儿真诚的眼神，爸爸妈妈最终不再反对，总归生活是自己的，只要孩子喜欢且愿意为之努力，能够对自己的人生负责就够了。

所以大学四年里，苏婵一直都很努力，泡在图书馆，她钦佩苏格拉底对自我信仰的坚守，也喜欢研究柏拉图的奇妙世界，以及中国古代春秋战国时期的百家思想，她徜徉在古今中外各种书籍和不同流派的价值观之间，找寻自己对于人生的平衡点。

大四毕业时，其他人都多多少少有些迷茫，而苏婵很坚定，自己要考研，继续这份对哲学学术研究的热爱。

读完研究生以后她又读了博。

现在的她，在西南某个城市的大学里任教，和学生们探讨各种哲学问题，也会在下课回家的路上打开手机播放李宇春的《下个，路口，见》，那是她最喜欢的歌曲。

前几天，有00后的同学告诉我说："老师，我看一个选秀节目喜欢上了导师李宇春。当时我就和学生说，'巧了，老师的偶像也是春春'。"

然后苏婵问比自己小十几岁的学生为什么喜欢李宇春，对方的回答是："她真的是一个很棒的偶像，不仅长得好看，能力出众，还很正能量。"

"然后我就发现，其实无论时代怎么变化，大家喜欢一个人的本质不会变。这个人身上所具备的人格魅力和积极向上的生活态度，是关键。"

成长就是一个不断发现自我的过程，一次输赢，并不能决定什么。

经历也见证过娱乐圈的浮华变换，现在的李宇春，更加自在坦然。

她不再需要向外界证明什么了，不再只专注自己，而是在原来的基础上更加打开自我，去关注这个世界。

在十周年演唱会上，31岁的李宇春曾对十年前的自己说："我并没有因为21岁的你创造的成绩而止步不前，我要做得比你更好。面对你，我是骄傲的，我是无憾的，我也是无愧的。坚持最初的梦想，我和你一样。"

现在的李宇春，不断创新，挑战自我，主动融入年轻人，翻唱了二次元神曲《普通的disco》，还和法国先锋音乐人合作玩起了电子乐队。除了音乐，近年来她也在尝试影视和话剧类作品，跨界的目的，是以更丰富的作品形式表达自己。除此之外，李宇春还在时尚、电影、艺术展上颇有造诣。

苏婵说："最打动我的，就是李宇春身上那种对梦想极致的热爱。对音乐、对生活、对未来，有着许多梦想与憧憬，以及打破一切局限，向上生长的力量。"

这些也是她一直以来所向往的。

作为偶像里经久不衰的女偶像，李宇春一直在用自己的表达，去激励更多女性勇敢做自己。

在给《乘风破浪的姐姐》所创作的主题曲《无价之姐》里，她唱道："一个女性成长要历经多少风暴，做自己才不是一句简单的口号。保护好那一抹最真实自在的笑，我是我自己的无价之宝。"

想必正在看这本书的女孩们，也能感同身受。

就像苏婵曾经面对选专业问题，李宇春曾经面对中性风格带来的争议，每个女孩的成长过程中，都会面临或多或少外界的干涉，而如何在纷扰的世界里依然坚持去走自己的路？

李宇春用她的故事证明，做自己，才是青春最美的样子。

自信、从容、笃定，是在不断坚持追求梦想的过程中总结出的神奇法宝，用于对抗生命中出现的一切邪风。

"这就是我。我从未刻意挑战，也没打算迎合。"一次米兰时装周上，有记者让她用三个词定义自己，她笑而不答，记者再次追问："你觉得女生什么时候最美？"

"不被定义的时刻。"她答。

苏婵说到这里，脸上满溢出骄傲的表情。

女性的美不该被任何人定义。

学会尊重和接受不同的美、思想和价值观，这是李宇春教会我

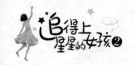

的最重要的事情。

现在的苏婵在自己和学生的交往过程中也谨记：尊重与平等。

她作为大学老师，会主动和孩子们谈心，也会鼓励学生们去寻找自己内心真正的热爱所在，哪怕别人觉得不靠谱或没有用，她会告诉学生，静下心来去思考，到底什么是你真正想要的。

正如当年和李宇春合作过的赖声川导演告诉她的："你不是只做一个简单的偶像，你可以带领粉丝走入一种不一样的生活，你可以成为一个改变这个世界价值观的人。"

事实上，我们每个人都可以或多或少影响身边人。

希望阅读这本书的你，也可以像她们一样，勇敢去追求自己想要的生活吧。

毕竟我们终此一生，就是要摆脱他人的期待，找到真正的自己。

保持初心，不虚此行。

宋亚轩

——青春最难忘的盛宴，是舞台上你的笑脸

　　成长是一个勇敢表达的过程。感谢这个16岁的少年，教会了一个比他大、比他内向还社恐的我去重新燃起爱的力量，教会我勇敢打开自己，教会我要珍视所拥有的一切，教会我如何用自己的方式，去和这个世界和平相处。

　　山花烂漫，人潮汹涌，谢谢你像春天一样降临在我的生命里。

　　成为我暗淡青春里的一束光。

一

　　帝都的早春，我在午后接了一通电话，少女的声音，就像温润的热牛奶，她在那边娓娓道来自己与宋亚轩的故事，却无意让我暖上心头。

　　兔子今年16岁，在读高中。

　　从小性格内向的她由于父母工作较忙，一直读的都是寄宿学校，因为不爱说话、不善表达，久而久之就变成了旁人眼里孤僻的怪小孩。上高中以后，兔子变得愈发沉默。

　　没有朋友，远离家人，除了偶尔在网上刷一些资料一些视频的时候，她会觉得轻松一点。大多数时候兔子都很抗拒自己所处的环境。她不敢去尝试与别人交往，偶尔面对同学的善意，她也只是迅

速地回应以礼貌，甚至手忙脚乱不知道怎么面对他人的示好，偶尔听到旁人对她的评价是高冷，她很想走到对方面前，大大方方笑着说："我不是，我很好相处的哦。""可是我也不知道为什么，我就是说不出口。"

直到那一天，在B站搜索学习资料的时候，旁边有一栏热搜的音乐视频，兔子不由自主地被封面上那个笑容干净的男孩吸引了，打开之后，对方正在唱《斑马斑马》。

"怎么有这么干净的少年，这么干净的声音！"

男孩高高的个子，眼睛、嘴唇和耳朵都红红的，看起来很单薄，但歌声里有一股莫名的坚定与向往，他只是简简单单地站在那唱歌就唱进了兔子的心中，那一刻，坐在宿舍里的兔子突然泪流满面，眼泪就像夏夜里的海风，咸咸的，流淌在空气中。兔子感觉哪里被击中了。虽然他们素昧平生，但她坚信，这个人懂她。起码他的歌声是懂她的。

兔子赶紧去搜索更多关于这个少年的消息，知道他叫宋亚轩，来自时代少年团，出道不久，但人气很高。整个人就像从动漫中走出来的男主角一样。然后又盯着宋亚轩的《兰花草》舞台，反反复复刷了很多遍，他的声音、面容、舞蹈、气质、性格，都太对兔子的胃口了——兔子甚至不觉得自己是追星，而是和一个遥远的、优秀的人，在做朋友。自从喜欢上宋亚轩，兔子压抑在心里的那些负面情绪，逐渐少了很多。

宋亚轩有一双爱笑的眼睛。正如歌里所唱的那样"春风不解风情，吹动少年的心"，他的笑像四月的海棠花一样，扑簌盛开，自成风景。他在镜头下，是娇憨的，酷炫的，肆意的，快乐的，每一个真实的笑容在镜头下都格外动人，尤其遇到采访环节时，总是不知不觉就笑得前仰后合，眼睛眯成一条线，看到这种极富感染力的笑容，兔子就感觉非常温暖。有时候我们喜欢一个人，不仅仅是喜欢那个人本身，更是因为他身上投射着你内心向往的样子。

拥有"宋亚轩式笑容"，一直都是兔子的梦想。

听到自己的偶像说："一定要朝着自己喜欢的目标去追逐，朝着自己的梦想而努力。希望大家不要迷茫，要勇敢面对人生。"

兔子多年来的心结居然被解开了。虽然不是一下子就能够做到和同龄人打成一片，但从那以后，兔子开始学着，当别人好心借她练习册，她会偷偷给对方抽屉里塞一根棒棒糖；看到同学无助难过的时候，会默默路过递上一张纸巾；在宿舍好友们提议周末出去聚餐的时候，她会弱弱地举手说："我也去。"

其实兔子并没有强求自己一定要变得外向，而是勇敢地去试着表达自己，用自己的方式和身边人相处。渐渐地，她找到一种奇妙的平衡感，发现原来靠近以后，大家都这么可爱。

以前兔子最喜欢的事情就是放假，回家小住的日子，因为可以一个人待着。但这个清明假期，兔子躺在床上，居然开始怀念起学校生活来。

"我一定是疯了吧。"兔子不由被自己的想法逗笑，下一秒，想到宋亚轩说的那句"只要你努力，收获一定是大于遗憾的，因为没有遗憾，就不会理解收获"。

虽然没有理解那么透彻，但兔子隐约觉得自己做出的改变很值得。

二

喜欢上宋亚轩以后，兔子也想成为宋亚轩这样的人。

"宋亚轩是什么样的人呢？"我问。

电话那边的兔子说："姐姐，我不知道这样说，你能不能理

解，他很像那种隐藏在市井的天才少年。平时看着无欲无求，和人切磋，点到为止，绝不主动伤害别人，也不会暴露自己的能力。但一旦走上真正的战场就会火力全开！为自己喜欢的事情，不顾一切去拼命。虽然我不是天才，但我也很想像他一样，要么不出招，要出招，就只为自己的梦想。"

兔子说，宋亚轩跟她认识的男孩子都不一样。她说："他眼里满是星星、前途和梦想。"

宋亚轩说："他们都说做我们这个职业的是在贩卖梦想，但我觉得更像是在享受梦想。"

宋亚轩身上最特别之处在于他的敏锐与通透，并非被市场推着走的，他对于自己热爱的一直很明确，也很坚持，并且愿意为之努力付出。他会把舞台放在第一位，也会把队友放在第一位。

他会为了梦想放弃他心心念念的星海学院转学来到重庆，用一句"我花了八年的时间努力听懂了粤语，最后却去了重庆"来释怀他那辛苦的八年。轻描淡写的一句话背后是一个少年能做出的最大妥协。放弃已经考上的学校，离开自己熟悉的环境与朋友，成长就是坚持与妥协的两难。也正是这份冒险与坚定，才让兔子觉得自己喜欢的人是真的了不起！

之前有网友爆料，宋亚轩虽然年纪小，但是做事非常靠谱，录节目之前，会跟编导确认流程和内容，非常认真。有时候看到网络上关于他的很多莫须有的黑料，我很想说，宋亚轩一直都是善良温柔的少年，他会把自己比赛得来的十万元捐给需要的人，而自己的手机壳用到坏都不肯换掉。真正喜欢他的人，会知道他是怎样的人。"

而让兔子感觉与宋亚轩惺惺相惜的地方，还是两个人的性格是有些相像的。《音乐大师课》节目中，老师问他："你有什么优点吗？"

宋亚轩犹豫了一会儿说:"不知道……"

老师又问:"那你有什么缺点吗?"

宋亚轩:"有点内向。"

尽管成为万众瞩目的明星,但宋亚轩还是那个宋亚轩,有点慢热,经常会沉浸在自己的小世界里。会做很多别人眼里无聊的事。比如在路边看到一只死蟑螂,会凑过去研究半天,直到一群蚂蚁吃掉尸体。比如喜欢看推理小说,每次到了陌生的环境都热衷于探索空间布置。所有和他接触过的人,都能感觉到宋亚轩的世界里,一切都是鲜活的,他的内向只是在消化这个丰富世界而已。

这种与生俱来的内向,与其说是不善表达,不如说是怕麻烦别人,不想让爱自己的人为自己担心。宋亚轩说:"成长的关键词,第一个就是自我消化,第二个是等待,以前不开心的时候会去找人倾诉,而现在会自己一点点消化。"

不想被喜欢的人发现自己的疲倦,所以当灯光亮起来,他就又变成那个面带笑容的宋亚轩了。

"就像我以前在学校里,不管是开心还是难过,回到家里都是报喜不报忧的好孩子。"兔子慢慢意识到,内向不是缺点,只是一个人的性格而已。而她愿意在舒服的界线里,去做出一些改变,就像综艺舞台上逐渐放得开的宋亚轩一样,找到那个平衡点就好了。

三

兔子笑着说:"以前我也不太理解追星的快乐,后来亲身体会到了,才发现,这不只是快乐,更是动力。"

当优秀的人闪闪发光,给你的世界光和热的时候,你会更有动力走下去。

前不久,兔子在微博上看了宋亚轩唱《为你我受冷风吹》的舞

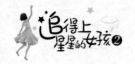

台现场，看着喜欢的少年，在台上温柔且深情地歌唱着，闭着眼，那样享受，隔着屏幕兔子都忍不住要尖叫起来。

"当一个人在全情投入做自己喜欢的事情时，他真的会发光。我一直能感觉到我追星追的就是这个活生生的人，而不是屏幕上的一张图片或者一个视频，他给我的感觉，就好像在我的生活里，虽然我们隔了十万八千里，但我能感觉到他对梦想的执着，能听到他藏在歌声里的信仰，他是别人眼里的璀璨明星，也是我眼里最好、最优秀的朋友。"

每当看到站在舞台上的宋亚轩，兔子就会觉得庆幸，能够成为他的粉丝是件多么幸福的事情啊！

这个少年，那双眼睛永远清澈灵动，无论经历什么，依然带着初心努力前行，干干净净积极向上。

五一过后，学校社团招新，兔子第一次鼓起勇气敲开了动漫社团的门，为自己争取一个配音员的机会。

得知兔子要去参加社团竞选，宿舍的小姐妹都很激动，一起为她加油打气。而一直喜欢动漫配音这件事，兔子也是第一次，和身边的好朋友去分享，那天晚上，宿舍熄灯以后，她和大家聊了好久，关于爱和梦想，关于自己从小喜欢动漫配音的梦想。

没有讥讽，没有嘲笑，所有人都认认真真告诉她，只要你努力，一定可以的。

兔子突然体会到了偶像们的"团魂"力量。

原来友情从未离开，只是当我们只看着自己脚下的时候，就注定无法欣赏身边的风景。

到了社团面试现场，兔子发现原来有好多同学报名，外面排起

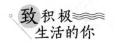
了长长的队伍。

她不由得紧张起来。

在内心不停默念宋亚轩的名字，祈祷可以给自己一些好运气。

轮到她做自我介绍，她开始还有些结巴，后面索性放开了，把自己想要参加社团的理由和从小喜欢动漫的事情，讲给大家听，虽然最终还是因为名额有限，落选了，但从教室里出来，兔子感觉到了从未有过的轻快和雀跃。

"原来，勇敢表达自己真的是一件超级棒的事情呀！"虽然落选了，但兔子觉得自己赢了。战胜了过去那个畏手畏尾的自己。

她把这个消息分享给舍友，舍友们走过来安慰她，告诉她，将来还有很多机会可以去尝试。兔子点点头，上前挨个给了她们拥抱。

然后，她还给爸爸妈妈发了短信，分享了自己在学校里参加社团面试的事情。

最后，她还将宋亚轩的跳舞视频也发到了家族群里，骄傲地说："我就是因为他才想要努力变得更好。"

没有想到，爸爸妈妈不仅没有反对兔子追星，还甩出了老年表情包来回复兔子，鼓励她继续努力。

从那以后兔子很明显变得自信许多。

"等到将来，再回想起16岁，不再是那个躲在人群中低头匆匆而过的女孩，而是可以和好朋友们谈笑风生的我，是站在台上逐渐不怯场的我，是拥有热爱并愿意为之付出努力，是勇敢到令人生羡的我。是因为自信，能够看到自己光芒的女孩。"

虽然我只是一个普通到不能再普通的女孩，但因为遇到你，不知何时，心底默默开了花，有了美好的东西在滋生，你那亲切的脸上挂着的微笑让我觉得安心。你有很多很多追随者，美好又遥

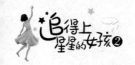

远，但我也因为你，蹭到一小束光亮，照耀了自己本来黯然失色的生活。

这就是16岁的我，想要和宋亚轩说的。

我爱人生每个阶段的自己。

不因青春轻狂爱做梦而羞耻，不为未来过分放大焦虑忧思。

即便遇到荆棘，少年们也能努力让它变成玫瑰花，听着兔子和宋亚轩的故事，我突然觉得特别感动。青春就应该拥有去做一切的勇气，就应该拥有相信自己可以做到一切的信心。

没有人永远年轻，但永远有人正年轻。

大概就是这样的感觉了。

五

本质上，少年感与年龄无关，清爽活力的模样和乐观积极的心态，才是关键。

而我把宋亚轩和兔子的成长故事，称之为"少年半熟主义"。

他们也许并不完美。

他们也许偶尔还会和自己闹别扭。

他们也许还没有成为一个面面俱到的大人。

但他们在自己力所能及的范围之内，去追求自己所热爱的，关心身边人，珍惜青春赋予他们的这一场盛大喜宴，在颠沛流离中，读懂彼此的婉转目光。

"追星确实给我的生活带来无穷动力！"兔子说，"每当我想到，他在所有人看不到的地方努力，每一次舞台表现都能带来惊喜，无论多苦多累，只觉得自己还不够努力，我就很想向他学习这种把热爱做到极致的精神。"

现在的兔子每天学业压力很大，但她也会在假期里，上网去学

习一些基础配音知识。父母知道以后，还问她有没有兴趣走艺考的
路子，兔子想了很久，拒绝了，因为她无法确定此刻的热爱是不是
自己将来一定想从事的职业，但她确定的是，无论未来从事哪个领
域，她都会像偶像宋亚轩那样去努力。

"风筝有风，海豚有海，我存在在你的存在。"兔子说，"其
实偶像与粉丝之间，就像参加了同一场马拉松，宋亚轩就是一直在
前面带头的领跑人，我们在拼命追赶靠拢。"

如果有一天，在某个风和日丽的下午，我看到在草坪上抱着
吉他唱歌笑靥如花的你，我会穿着连衣裙，踩着帆布鞋，迈着轻快
的步伐跑向你，然后在距离只有一米的时候停下来，告诉你："你
好，我是兔子，喜欢你很多年，承蒙你的出现，我才会变成今天的
自己。虽然作为追星废柴的我，不会剪视频，不会修图，不会花式
推荐，文章也写不利索，千言万语汇成一句话就是：我心中的少
年，我会永远记得你在舞台上发光发亮的样子！"

我们都知道，宋亚轩一直会是宋亚轩。

挂电话之前，兔子的声音不知道是因为聊天太久而干涩还是提
到这一幕有点哽咽，很明显，能听出她最真诚的祝福。

我的男孩就像童话城堡里的小王子，他的世界干干净净，很
美好。

希望南滨路的晚风吹得久一点，让山城的男孩永远是少年。

刘宇宁

——向下生根，向上开花。
不负生活，不负自己

追星不是失去自己的人生，而是和偶像一起越来越好。

一

阮绵绵是在大学毕业的那个夏天，无意中刷到刘宇宁的直播。

当时她正挤在北京开往国贸的10号线地铁上，去面试的路上，沉闷的车厢里处处拥挤，年轻人无一例外都在低着头刷手机，面无表情，沙丁鱼罐头般的氛围令人喘不过气。

为什么长大以后的人生是这样的呢？

疲惫、乏味，终日奔波，不知为何，那段时间一直找工作受挫的阮绵绵开始怀疑人生。

少年时总以为未来的日子一定闪闪发光，却没有想过，所有的鲜亮其实都是在日复一日的平淡生活中打磨出的光彩。阮绵绵感觉自己"很被动"，在这个处处"贩卖焦虑"的时代，在竞争激烈的帝都，在同龄人都开始逐步找到属于自己的人生道路时，她却还像一只无头苍蝇，横冲直撞，没有方向，这样的生活想想就令人窒息。

在换乘的时候，她习惯性打开某个短视频平台，开始消磨时间，就在这时，一个略带沙哑却叫人十分舒服，像夏天的冰柠气泡水一样的声音，闯进她心房。

　　恰巧，右上角的"正在直播"提示着演唱者，此刻正在与粉丝互动。

　　阮绵绵下意识地点了进去。

　　一个长相清秀，笑起来很好看的男孩正演唱完歌曲，他是摩登兄弟组合中的刘宇宁，正在和屏幕前的粉丝们互动，在线观看人数不少，但他尽可能很有耐心地回应着大家。

　　当时阮绵绵也不知道为什么莫名对这个歌手有信任感。积压在内心无处诉说的迷茫，不敢与家人分享，怕爸妈担心的焦虑和对未来的不确定，她都一股脑儿打出，发送到了直播间里……其实她从来没有想过对方会看到，因为直播间互动是刷屏的，还有很多人在不停刷礼物，阮绵绵只是一个"路人粉"，在她看来，自己只是把这位歌手的直播间当作树洞了。仅此而已。

　　没有想到，过了几十秒，刘宇宁居然停顿了一下说："看到有新来的朋友说自己生活遇到了困难，虽然不知道具体是什么事情，学业、工作还是感情，但我想告诉你，只要你坚持去找到自己的热爱，生活总会越来越好的。"在阮绵绵的回忆里，自己的偶像当时说了一番这样的话。

　　虽然对方并没有念出名字，但阮绵绵知道，他一定是看到了自己内心的迷茫。

　　"别灰心，要相信：打不倒我的，终将使我强大。"

　　这件小小的事情，对刘宇宁来说，可能只是直播间里举手之劳的善意回复，但对阮绵绵来说，却是黑暗时光里的一道光，令她重新燃起对生活的热烈情感。

　　追星其实是一个向外寻找自我的过程——在关注刘宇宁以后，阮绵绵突然就悟出这个道理。以前她看到别人追星觉得很盲目、很

没意义，现在她说："我有了自己的理解，追星并不是贬义的，我们选择一个偶像，看到他身上的闪光点，向光而行，努力成为更好的自己，无疑是一件美好的事情。虽然我现在还不是最好的自己，但我依然没有放弃找寻那个更好的自己，我会和他一起努力，保持初心，大步前行。"

二

阮绵绵一直记得刘宇宁曾经说过的一段话。

"如果有人对你有偏见，你不要和他辩扯，就用行动来证明，他们质疑的点反而是我要努力的点。我相信只要我坚持认真做，总有一天时间会给我答案。"

和所有的普通年轻人一样，刘宇宁没有背景、没有资源，起点一般，他的前途是靠自己点点滴滴的努力积攒而来，所谓的逆袭，不过是对命运的不屈。

这个出生在寻常人家的东北大男孩，通过翻唱歌曲和网络直播在近年来收获亿万点赞，最终跻身演艺圈人气偶像行列，凭借实力与人气登上北京地标场馆举行个唱。在这个繁星时代里留下属于自己的名字，无论是娱乐圈里用作改编的影视素材，还是各个媒体撰写励志追梦的深夜鸡汤，刘宇宁的故事都足够动人。

1990年，刘宇宁出生在辽宁省丹东市一个普通家庭。

从小他跟着爷爷奶奶一起长大，家里的大部分开销都要由年迈的爷爷去赚，少年时期，虽然刘宇宁有过很想去学习钢琴和音乐的念头，但考虑到家里的经济情况，他还是选择把自己的心愿埋在心底。

长大以后他选择了一条相对好就业的道路，去做一名厨师，学点手艺，起码保证能找份工作。

但厨师这条路也并没有想象中那么好走。进入这个行业，你要从底层开始做起，洗菜、杀鱼、刷碗、收拾厨具，在老厨师手下打杂，这些都是要做的。

刘宇宁至今都忘不了他去上班的第一天。

他满脸期待地跑去问厨师长，自己需要干什么，然后对方指着桌子上一大盆木耳，要他全择干净了。可能是出于锻炼学徒的考虑，也可能这个行业所有的厨师都要一步步从最基础的事情做起。

但满心热血的年轻人就这样被泼了凉水，心里肯定难受。

"我是来做厨师的，来学炒菜的，你却让我扒木耳……"虽然心里这样想，但刘宇宁还是选择乖乖去干活，珍惜每一个工作机会。

那个盆本来就大，而且木耳一旦沾水、浸泡以后，就会膨胀泡发变得很大，眼看着天边的亮光晕成暮色，再一点点坠入天际线，变成完完整整令人生惧的黑夜。

到了下班时间，身边人陆陆续续离开，八点半左右，其他人都离开了。

只剩刘宇宁一个人还在扒木耳，一直弄到深夜十二点。

时隔多年，刘宇宁还记得当时那个男孩无助的感觉，"我在扒木耳的时候，一边扒一边流泪，感叹自己真的太惨了，这是我的人生，这就是我的人生啊！"

"其实我不是怕累，也不怕苦，最怕的，是没有希望。"

阮绵绵后来看访谈，听说刘宇宁这段经历的时候，真是感同身受。

比起辛苦做事，令人心生绝望的是，反反复复永远在做一些看起来得不到成长的事。

2018年夏天，阮绵绵在不断碰壁之后终于找到一份"看起来还

不错"的实习工作，在国贸某个知名律所里，做实习律师助理。

和当初的刘宇宁一样，她原本以为自己会直接上手学习到非诉讼案件的知识（一般是商业合作案例），有机会跟着律师去见识更大的场面，可以接触到高大上的商务资源，但没有想到实习期做得最多的事情，就是帮办公室里的律师打印资料和买咖啡。

好多次她都想撂挑子不干了，干脆辞职，回老家吧。

可内心有个声音告诉她"不能就这样认输，不能就这样妥协"，虽然不知道明天在哪里，但只有坚持过今天，才有见证明天的可能性。

好在，她的偶像就是这样，一步步走过来，纵然生活给予他太多不幸，可他从未松开过自己心里那支麦。

在媒体报道中，刘宇宁说自己还记得，做厨师第一个月赚的600元工资，刨掉400元押金，他用仅剩的200元钱买了属于自己的第一把吉他。

在正式进入演艺圈之前，刘宇宁做过各种各样的职业。

后来他遇到吉他手阿卓、键盘手大飞，几个好兄弟组成了摩登兄弟组合。

不甘放弃藏在内心深处梦想的刘宇宁开始主动去找酒吧、火锅店，开始他的驻唱生活。

直到2014年，摩登兄弟入驻一家直播平台，几年后他们从室内走向街头，开始在安东老街一家驴肉馆前结合线上线下的方式去直播唱歌。那条安东老街从此多了一个传奇。

从2018年开始，他们翻唱的歌曲陆续在社交媒体上引起热烈反响，从《讲真的》《走马》到《答案》《说散就散》，随着短视频风口的爆发，摩登兄弟主唱刘宇宁也开始引起大家关注，这个永远看起来温和幽默的少年，以他扎实的唱功、清秀的长相和与生俱来的可亲气质带来的路人缘，在娱乐圈上演了一出"现实版逆袭"。

谁说普通少年就不能做梦呢？

太阳之所以是太阳，不是因为受到万物敬仰，而是因为它始终在光年之外，用自身的力量发光发热，无论无人问津还是万人中央，从来如此。

霍洛维茨说："我用了一生的努力，才明白朴素原来最有力量。"在刘宇宁看来："如果只是单纯地唱歌，声音里却没有内容的话，听众是感受不到东西的，这首歌自然就不会打动人。"他的声音之所以能够受到那么多年轻人喜欢，是因为他用自己的真情实感引起了大家内心深处的情感共鸣，那些追梦途中，所遇到的旖旎风光，他用音乐的形式向更多人传递了出去。

不仅如此，他的善意和真诚还在无意中抚慰了许多同样迷茫的年轻人。

比如我们今天故事的主人公，阮绵绵。

虽然纠结过很多次要不要辞职回老家，但她还是没有放弃心里的"律师梦"，大学四年的学习，从小看《律政俏佳人》的美好心愿，这些年来，成为一名律师已经不再是她的职业发展方向，而是早已变成信仰，深入骨髓，想要追寻的那道光。

她的偶像虽然经历那么多艰难，但还是没有放弃音乐。

自己为什么做不到呢？阮绵绵希望可以像偶像刘宇宁那样，谦逊、坚强，怀抱着一腔孤勇去面对人生道路上的种种荆棘。

三

说起对偶像的评价，阮绵绵说，她最佩服的是刘宇宁的那份清醒。

他从未因娱乐圈的浮华掠影而迷失自我，也没有因为粉丝多少而区别对待身边人。

2018年夏天开始，刘宇宁的名气逐渐大了起来，全国各地会有那么一些热情粉丝飞到丹东，去安东老街只为见刘宇宁一面。走在路上，刘宇宁会听到尖叫声，越来越多的人来和他要签名，但他始终是那个笑起来平易近人，会用和朋友开玩笑的语气和粉丝们互动。

那个时候他大概还不会想到，同年自己竟然能够站上江苏卫视的跨年晚会舞台，搭档是林志玲。

当一袭黑色西装的刘宇宁款款走向弹钢琴的林志玲时，台下传来此起彼伏的呼喊声和掌声，那些声音，不只是为女神尖叫，更是为他们心中这个"普通男孩"多年来不懈追梦路所给出的呐喊和打气。

那一首《说散就散》，刘宇宁唱得情真意切，极具感染力——而电视机前的阮绵绵也跟着激动起来。

她比谁都知道，眼前这个男孩一路走来有多不容易。

在刘宇宁走红的这段经历里，其实一直也遭受着太多流言蜚语，大部分非议甚至和他本身的唱歌功底毫无关系，有些人讨厌他，仅仅是因为觉得"他是个网红"。

"网红就一定是不好的吗？'偶像'不一定就限于娱乐圈的明星，他可能是一个拥有一技之长的博主，可能是你的老师，可能是国家的院士、科学家、历史人物，甚至可能是身边某个正能量的学长学姐，像刘宇宁这样在网络平台上颇具才华的歌手就不能被称作'偶像'了吗？仅仅因为是网红，就要抹杀这个人一切闪光的地方，我觉得不公平。"说到这里，阮绵绵明显激动起来。

她还记得《歌手2019》播出时，刘宇宁作为第一位全民举荐踢馆歌手参赛，几乎被"全网嘲"。很多人对于"网络歌手"有着天然的偏见，甚至不愿了解这个人。

后来，刘宇宁在舞台上留下了那首《像我这样的人》，听得阮绵绵心里十分不是滋味。但她知道，她的偶像不会这样被打倒。

"如果时光能倒流，我一定要回到15岁的年纪，一定会比以前更努力，在那个时候，就打好音乐基础，让现在的我更好一些。不过从现在努力，也不晚，那些嘲讽都没关系，这都会变成我努力的动力。"

从那以后，刘宇宁开始更加用心修炼唱歌，更加珍惜每一个舞台，还开始尝试拍戏，多领域、多方面拓展自己人生的边界。刘宇宁在拍摄自己首部电视剧《热血少年》时，曾被质疑是否"玩票"，他的回答是："我做任何事都不想玩票，我一定要打破别人的有色眼镜，要做就做到最好。"

为了提高自己的演技，不是科班出身的刘宇宁，虚心向表演老师请教。

在片场常常是"十万个为什么"的状态，下戏后回到家会接着练习，从肢体语言到表情控制，从剧本熟读到琢磨每一句台词，他很认真地对待自己接下来的每个角色。

刘宇宁总结自己对于演艺圈的两个关键词：胆大和信念感。

两年后，当已经有一定影视基础的刘宇宁带来自己饰演的第一部古装剧《长歌行》，那个冷血又柔情的皓都大人才会被刻画得入木三分。播出以后赢得许多人的喜爱。

现在的阮绵绵已经从实习助理顺利转正，经过考核期，成为一名律师。在午休闲暇时候，同事们聊起《长歌行》大家也会提到那个冷面大人皓都——

"真的是太帅了！"

"一个人怎么可以又冷傲又温柔呢？"

"他的台词真的不错啊！"

听着这些评价，阮绵绵觉得骄傲极了。她会顺便搭腔："是呀，这个演员本身是一个歌手。"

她会给同事们推荐刘宇宁的歌曲，也会给大家讲他对于自己的影响。

在实习期想"临阵脱逃"的阮绵绵，是依靠着偶像的力量，才得以坚持下来。

待久了，她才明白，在律师这个行业大多数人从基础的事情做起，通常不是领导"找你碴"，也不是要让你一直做琐碎的事情，而是要让你熟悉整个流程的细枝末节，锻炼你的细心、耐心。

最重要的是，如果一个人处于低位时，还能目光长远，察觉到很多东西。

能够做到坚持自己，不忘初心，是很珍贵的品质。

好在，这段"打杂工"时期阮绵绵没有熬太久。在生活失去光泽的时候，她靠着偶像带来的能量不断给自己充电，终于活成了自己喜欢的样子。

在很多场合，刘宇宁都曾公开表达过他对粉丝的感情："我最要感谢的就是我的粉丝，没有他们就没有今天的我，我没有公司，我的公司就是我的粉丝。我没有背景，没有人脉，如果没有他们，我可能现在还在安东老街直播唱歌呢！"

每次在镜头前接受媒体采访，刘宇宁都会真诚地感谢粉丝，绝不是客套话，而是因为他这些年摸爬滚打的成长经历中，粉丝们就像家人一样，陪伴着他，带给他无限动力。

"我知道自己是从哪里来的，所以知道自己最该珍惜的是什么。工作之余，只要有时间我就会去跟粉丝互动交流，我和粉丝是家人和朋友的关系。"

每次阮绵绵听到刘宇宁说这些话，都是又开心又难过。开心的是，她知道，于他而言，自己不单单是粉丝，更是挚友和家人。难过的是，她多么希望自己可以早一点认识刘宇宁，虽然能做的有限，但就是很想把全部的温暖和爱都给这个温柔男孩。

"你踩着铺满玻璃碴的荆棘之路向我们走来，掏出来给到我们的却都是糖。"

"生活的苦让你一个人都吃了，抱歉，我来晚了。"

阮绵绵说如果有机会，她见到偶像刘宇宁，大概会说上面这两句话。

其实无论见面与否，刘宇宁和粉丝的爱一直都在。

2020年夏天，刘宇宁的工作室微博突然发了一张白玫瑰照片，旁边配的文案是："不在身边，就在心尖"。

当时有人怀疑刘宇宁谈恋爱了，莫不是要官宣？

事实上，那天其实是刘宇宁一个老粉丝的忌日，女孩生前最大的愿望是参加刘宇宁的第一场演唱会。

于是在北京五棵松体育馆举办的演唱会上，他偷偷把22排9号的座位留给了她，因为FX229是粉丝生前所在"数据组"的编号。

他特意安排工作人员在座位上，安静地摆放了一束白玫瑰。唱到那首《如约》时，刘宇宁换上了白衬衫，系上了黑腕带，轻轻说："我把这首歌特别送给一个人。"

姑娘啊，你看，你对刘宇宁的爱他都知道，他没有忘记你，他记得你。即使你去了很远很远的地方，爱你的人永远都在这里，为你轻轻唱歌。

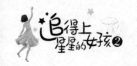

阮绵绵给我转述这个故事的时候，我几乎都要落下泪来。

其实粉丝与偶像从来都不是追逐与被追逐的关系，而是就像一本书，相互审视与阅读，当粉丝打开"偶像"这一篇章时，通过他的故事走进他的生命。

而喜欢这本书的读者们，也自动在漫长时光留下自己的注脚与理解。

有记者曾经采访刘宇宁，问道："你觉得自己为什么能成为'流量'？"

他回答道："我的流量在于喜欢我的人都爱我。"

他举了一个例子，比如一个特别有流量的人，可能有100万粉丝，但那100万人中，可能只有2万人愿意去看偶像的演唱会。而他只有10万粉丝，但这10万人中，则有8万人愿意看他的演唱会。

这种关系早已超乎"流量"，而是某种流动在彼此生命中的精神力量。

"对于我来说，追星最好的意义就是和他一起成长，看着他越来越好，我也想要变得更好！"阮绵绵微笑着说。

她希望他们都像木棉花一样，向下生根，向上开花。

不负生活，不负自己。

刘雨昕
——拥有喜欢，可迎万难

"他们说，女生应该有女人味；他们说，女生不能太帅；用'帅'来定义女生的飒，你还是见识少了点。"

在这场有关梦想的战斗中，刘雨昕不仅实现了自己的年少心愿。

同时带来对美的重新定义，是真实的、多元化的、忠于自我的，无惧标准和规则，勇敢打破外界赋予女孩的刻板标签。

一

"假小子"这个称呼，跟随了嘉陵二十几年。她一脸郁闷地坐在我对面说："从小到大，走到哪里都会被人喊这三个字，我也不是反感，只是觉得为什么短发女孩就一定要被贴上这个标签呢？"在传统社会所谓的"男性视角"凝视之下，大家对于女孩的穿衣打扮和言行举止，总有着一套刻板印象。

比如，女孩子一定要穿裙子。

比如，给小孩买玩具，女孩是粉色的，男孩是蓝色的。

比如，女孩子更适合学文科，男孩子的数理化通常要更好。

从学校到步入社会职场，从我们懵懂童年到一路成长变成大人模样，身边从来不乏"女孩子应该怎么样"类似的话语——"女孩

一定要温柔""女孩一定要懂事""女孩一定要结婚生子"……可从来没有人问过我们，你喜欢什么？你想活成什么样子？

就算所有人都不在意你的想法，你也要听听自己的心里话。

嘉陵坦言，她在自己的成长过程中，曾经一度怀疑自我，觉得是不是自己心理有问题，或者自己喜欢的坚持的个人风格真的是"错的"，是不能够被大家认可的。

"我从来没有刻意说要把自己打扮成什么样子，我只是从小就喜欢短发，喜欢看《奥特曼》，妈妈带我去逛街，我每次都会在看到汽车或者宝剑这样的玩具时停下脚步。长大以后我更喜欢舒适、休闲的穿衣风格，我家里有很多双运动鞋，但没有一双高跟鞋。"

今天的嘉陵，在一家体育类媒体工作，算是我的半个同行。

我们是在一个行业内的营销活动上认识的，当时我就被这个短发女孩酷酷的样子所打动了，后来加上微信，熟悉以后，她特意给我讲了她的故事。嘉陵说："其实我的自我认知是有三个阶段的，第一阶段是高中之前，迷迷糊糊地快乐做自己。第二阶段是高中，会觉得很困惑，觉得自己跟别人不一样，也会非常在意旁人的眼光和评价。第三阶段是上大学以后，逐渐开始真正和自我和解，不再那么拧巴了……但直到参加工作，青春期的烦恼又跑出来了。"

每次去采访别人，或者路过隔壁办公室，都会引来旁人的侧目与议论。熟悉的同事早已习惯嘉陵的风格，但陌生的客户，或者在工作当中偶尔遇到的尴尬，还是让嘉陵内心很难过。有一次，她接受工作任务，去采访一个年纪较大的长辈，对方在镜头前突然冒出一句："你是男孩还是女孩啊？"尴尬的嘉陵，只好喝了几口水，笑着说自己是女孩。

"26岁的我，在那一刻仿佛又遭遇了16岁时的运动会上，被逼着换裙子的尴尬。"

嘉陵摆摆手："这就是我尴尬的成长经历啦。"

"不过直到我遇到了那个女孩，她站在舞台上，一脸桀骜不驯，眼神却是温柔的。同样都是短发，可我在她身上感受到那种强大的自信，太打动我了。"

她就是刘雨昕。同一片天空下，另一个短发女孩。

二

嘉陵是在选秀节目的舞台上认识刘雨昕的。

可能是因为刘雨昕低调的性格，前几期节目中她的存在感并不强，只有在公演时有为数不多的个人镜头，直到那一场公演《破风》，嘉陵一下子被台上的女孩击中了。

"她身上有一种奇妙的力量感，是王者风范，令人挪不开眼。"

白色衬衣，黑色长裤，刘雨昕在舞台上气场全开，果断利落的动作没有一丝拖泥带水，台下所有观众的尖叫声都足以证明，这个短发女孩的实力。从那以后，嘉陵开始发挥她记者的"搜查技能"，在互联网上快速浏览了有关刘雨昕的许多资料，了解到，这个1997年出生的女孩，竟然已经学了十年popping，多次获得全国街舞比赛冠亚军。她不仅是要出道的艺人，更是一位有着独特风格的舞者。街舞圈一向以实力说话，跳popping的女生虽然很少，但各路大神之间惺惺相惜。在刘雨昕参加选秀比赛期间，还有很多街舞圈的前辈为她加油打气。

刘雨昕的故事和"一夜成名"没关系。她12岁就离开了故乡，一个人到北京北漂，只为心中那片蔚蓝的梦想之海。她经历过许多常人难以想象的坎坷与不平。

"比我青春期遇到的那些要困难许多，但她都撑过来了。"嘉

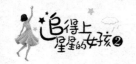

陵提到刘雨昕，总是充满骄傲。

谁说女孩只能做温室里的花朵呢。刘雨昕就是长在悬崖边上的一棵青松，满身傲骨，立于山巅，当路人对这饱经风霜的处境望而生畏时，她却带着睥睨天下的倔强，独自享受孤独。

哲学家尼采说，当一个人知道自己为什么而活，就可以忍受任何一种生活。拥有喜欢，可迎万难。

面对热爱的舞台，刘雨昕就算遇到再多阻碍从未想过放弃。2016年，刘雨昕作为七人女子演唱团体"蜜蜂少女队"的一员出道，随即而来的并非"可以做自己喜欢的事"，反倒因为艺人这个身份和公司的定位，多了一层枷锁。

刘雨昕在后来接受记者的访谈中提到："我原本以为出道，是可以做我想做的歌，穿我想穿的衣服。但完全相反，出道之后要穿粉粉的衣服、小背心，都是我不想穿的，而且要做我不想做的音乐，拍我不想拍的MV。"

一直以来所坚持的"自我"突然受到了严重冲撞。

让一个不喜欢穿裙子的人去穿裙子，跳不喜欢的舞蹈，做夸张的表情动作，刘雨昕第一次感觉很无助，不知道要怎么面对外界，更不知道要怎么面对自己。

那段时间她参加过许多并不喜欢的商演，也拍过与自己风格大相径庭的短视频，拿着面膜跳舞，在电影院门口宣传自己，19岁的刘雨昕并不知道未来的路在哪里。

"有非常多的人成功了，也有非常多的人放弃了。解散的那一刻，站在岔路口，还挺迷茫的。"

那段旅程对刘雨昕来说，就像是一场穿越热带雨林的冒险。

虽然走了很多弯路，但也因此更加清晰和坚定自己想要的是什么。从那以后，刘雨昕决定不再勉强自己去做不喜欢的事情，而是更加专注于业务能力提升，继续等待那个属于她的舞台。

参加《青春有你2》之前，刘雨昕曾下定决心："把它当作我参加的最后一个选秀。"

她将永远忠于自我。曾经的女团经历让她更加懂得"做自己"的珍贵。无论再遇到什么压力，她都不打算妥协，如果你追求的梦想在得到之后变了味，这样的得到，还有什么意义呢？所幸，这场战役，刘雨昕不仅赢了，还赢得很漂亮。

2020年5月30日晚，在《青春有你2》的总决赛舞台上，刘雨昕最终以超出亚军近500万票的绝对优势成团THE9，C位出道。

在对众多对她有帮助的人表达完感谢之后，刘雨昕接着说："还要感谢自己，可以越来越相信只要坚持，不管多远都可以到达。"言语之间，忍不住有点哽咽，或许对她来说，这个迟来的C位更像是自己浩大青春期的一个毕业仪式，追梦路上，陪跑的人始终只有自己。

"没有人比自己更理解，自己所经历的一切。"

曾经有人问："如果你是超级英雄，你会想要拥有什么超能力？"

"我希望所有有实力的人都能被看到，"停顿几秒钟后，她又修正了答案，"哦，不对，应该是所有努力的人都能够被看到。"

如今回忆过去，撇开机遇，刘雨昕仍然可以非常笃定地告诉粉丝："努力不一定完全可以做到自己想要的，但是起码会有一些收获。"刘雨昕曾经提到，即便自己没有出道，但这些日夜兼程的努力和积累，也足以支持她去做一些其他和音乐有关的事情。

刘雨昕出道的那天，嘉陵坐在电脑前，忍不住红了眼眶，这个女孩的胜利，同时意味着"不被定义的所有女孩"的未来拥有无限可能。

就像刘雨昕在舞台上说的那样："这次我终于可以说，我做到了，我们都做到了，这个夏天没有留下遗憾。"

青春本该如此。

三

"我最欣赏她的，就是她对梦想的执着，以及始终做自己的勇气。"

因为中性风格，一路走来，刘雨昕和嘉陵一样，遭受过许多质疑和争议，总是在互联网上被迫卷入各种与实力无关的话题中心。

"我确实不是常规印象里长发飘飘的女生形象，虽然这曾是妈妈期盼的。"

刘雨昕出生在一个艺术家庭，妈妈是国家一级演员，在耳濡目染之下，刘雨昕在很小的时候就表现出对歌唱和文艺的热爱。妈妈以前还是相对传统的"中国式妈妈"，更希望自己的孩子看起来温柔、淑女一点，但刘雨昕打小就很有自己的主意。

就连喜欢的事情，也并非传统意义上女孩子们的主流选择。

她喜欢舞蹈，不是芭蕾，而是街舞。

她喜欢力量感十足的舞蹈，尤其痴迷于popping（震感舞）。

大部分学习popping的人是男孩，在大家看来，这是一种需要通过肌肉快速收缩与舒张从而达到震动感的肢体舞种，比较要求力量感，对于肌肉力量不发达的女生来说，从生理上看，确实不占优势。但刘雨昕并未因此放弃，反而开始漫长而反复的练习，十几年如一日地泡在练舞室，也正因为这段默默无闻的拼搏时光，造就了刘雨昕身上的坚韧与淡然。她最享受为喜欢的事情付出努力的过程。在很多人看来，刘雨昕是"一夜爆红"的代表人物，通过选秀节目迅速被人熟知，年纪轻轻就成为娱乐圈炙手可热的明星，而在荧幕之外，大家却常常忽略她这十年来的蛰伏前进。

在豆瓣上，刘雨昕的粉丝推荐她的时候经常提到八个字："十年饮冰，难凉热血。"

从10岁开始学舞，到23岁站在最绚丽的舞台上，听得到的是掌声，听不到的是那个小女孩内心的压抑与呐喊，空无一人的练舞室，反反复复的推倒重来，被外界包围的质疑与恶嘲，那些光芒之外的尘土，全都是靠着刘雨昕身上的一腔孤勇穿越而过。

无论外界怎么评价她，她都没有放弃"做自己"。

这些年，因为"男孩气"的外表，刘雨昕承受过巨大的压力。在《舞林大会》上，评委提出的第一个问题就是："你是男孩吧？"而刘雨昕表现得落落大方，回答得干脆："不，我是女孩。"

在很多媒体采访中，刘雨昕也提到，自己成长道路上听到最多的话就是对她外貌的评判，关于穿衣风格，关于发型，关于她的热爱看起来"和普通女孩不一样"……这些话，贯彻了刘雨昕整个成长过程，而在刘雨昕看来，女孩子的美，不该囿于温柔甜美，无论外界如何评价，此时的她已经有了明确的自我认知。

迷茫过，挣扎过，怀疑过，在高压环境下依然葆有勇气的刘雨昕，依然选择用最明亮的笑容、帅气的舞蹈来征服一切喧嚣。

有个小故事很打动嘉陵。那个时候刘雨昕在《青春有你2》的舞台上，录制《I am not yours》这首歌时，刘雨昕曾主动要求和节目组沟通，说想把造型改成长发，工作人员问她是否发自内心想做这件事情。刘雨昕点点头，答案是确定的。

她从不勉强自己，短发也好，长发也罢，她只是想要通过尝试不同的造型去完成更好的舞台表演。

"我觉得很感动哎，就像有一天，如果我不再梳短发，我也希

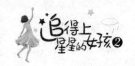

望身边的人可以理解，我不是变了，更不是妥协了，而是当下那个我真的想要呈现不同的样子。女孩子的美，不该被定义。"嘉陵语气诚恳。

无论是什么造型，什么衣服，没有该与不该，只有喜欢与否。至此，刘雨昕找到了独一无二的自己，同时彻底"不再拧巴"。

她在某次采访中说："之前好像都是被带着走，好像让你表演这个就表演这个，让你跳这个风格就跳这个风格，我拿捏不到一个准确的度。出道两年之后，我才真正知道自己是谁了，知道自己在干吗了。"

"我们这样的女生，能不能跳女团舞，是20世纪讨论的话题了——我就是要做我自己。"

"我好像一直都是不断地在打破传统，用心做自己，这是我一直以来的信念。"

与此同时，刘雨昕的妈妈开始真正认同起女儿的态度来。更有无数个像嘉陵这样"纠结要不要做自己"的女孩受到鼓舞，女孩的美，不是为了满足外界对自己的期待，而是要找到自己觉得最舒服的风格。外界的舆论就像一阵风，雁过无痕。而我们内心对于自己的"认可"则是一条河，徜徉其中，可以感受到美好事物的滋润，穿过它，对岸等待你的便是那久违的爱与温暖。

女孩的温柔从不流于表面。

一个人的内在与外表没有任何关系，有时看起来英姿飒爽的人可能内心住了个"萌妹子"，有时看似柔弱的小女孩内心则充满刚毅，而刘雨昕的"反差萌"，在于帅气的外表之下，温和与细腻才是她的本质。

生活中的她是一个心思细腻的女孩，善于观察细节。

不喜欢麻烦别人，却愿意主动去关怀身边每一位朋友，明明自己不过是个20岁出头的女孩子，却像个大姐姐一样，无微不至照顾着身边人。会在孔雪儿感到自信受挫的时候，跑去安慰她；会在虞书欣生气的时候逗她开心，还给她温柔地掏耳朵；在曾可妮伤心的时候，给她一个大大的拥抱，借衣袖给对方擦眼泪……试想，谁不想拥有刘雨昕这样一个好朋友呢？

在参加李佳琦直播间的活动时，会趁大家不注意，偷偷亲吻never（狗狗的名字）。

"喜欢上刘雨昕以后，连我身边的同事都说我变了呢，变得更快乐，更肆意，我能明显感觉到，自己没那么在意别人的看法了。与其胡思乱想去为别人不经意的好奇和议论而感伤，不如花点时间充实自己。"

现在的嘉陵还是经常穿衬衣加工装裤，就去上班了。

因为媒体的职场氛围比较轻松，其实并未有服装限制，从前嘉陵会一边忐忑一边做自己，而现在的嘉陵则是真正做到了"知行合一"，可以大大方方和身边人分享她喜欢的穿搭，再面对别人的误解提问"你是男孩还是女孩"时，她也可以潇洒地回答道："我是女孩子哦。"

"其实坦白说，我从来没有想过自己会追星。但不得不承认，偶像的力量更多在于，帮助你更加了解自我。"

❧

五

在《博客天下》对刘雨昕的采访中，提到关于偶像与粉丝之间的关系。

刘雨昕说出了自己的看法。

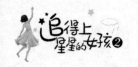

　　"我觉得是互相给予力量吧，在我最困难的时候，是她们的支持和鼓励一直激励着我。同样，我也看到她们因为我做了更好的自己，有去做志愿者的，有考研考学成功的，等等。希望我们都各自努力生活，努力工作，彼此陪伴，做更好的自己。"

　　现在的刘雨昕会在上下班的空隙，认真阅读粉丝寄来的信。细读一行行手写的文字，这种跨越时空与地域的爱，成为彼此支撑下去的动力。

　　每当刘雨昕得知她的粉丝"通过自己努力考上理想学校了"，或者是"拿到喜欢的offer了"，她都会感到真心实意的快乐。

　　嘉陵没有给刘雨昕写过信，但她曾经给刘雨昕发过很长的微博私信，表达了自己对她的感谢。

　　"虽然我知道她每天都能收到数不清的私信，可能会被淹没，但我还是很想以自己的方式告诉她，谢谢你，因为你的坚持做自己，也让我找到生活的平衡点。"

　　她用自己的经历告诉每一个女孩：勇敢、纯粹、做自己，永远没有错。

　　女孩子的美不应该被世俗定义。

　　我们可以不甜美，可以不顺从，可以用自己喜欢的方式去表达，我们不怕被贴标签，但更勇于撕掉标签，这世上只有一个评判女孩的标准，那就是"我愿意"和"我喜欢"。

Zhi
致闪闪
发光的你

景甜
——最好的"人设"就是我们都要做自己

我们这一生，会遇到很多人，有人喜欢你，有人讨厌你。

这些都不稀奇。

但重要的是你要学会喜欢自己。

纵然窗外倾盆大雨，你能够在自己构建的小小世界里感到温暖欢愉，少一些"别人说"，多一点"我认为"，带着庄子般的逍遥精神去面对这浩瀚人世，会快乐肆意许多。

布丁敲敲咖啡馆的玻璃，扭过头，我看到一个穿着洛丽塔裙子的姑娘，正站在窗外歪着头和我打招呼。

这一身俏皮华美的装扮走进咖啡馆立刻引起路人侧目，但大家的眼神是惊喜的，温和的，好奇的，并无恶意，布丁收起了蕾丝遮阳伞从容地朝我走来，摘掉白手套，坐在我对面，笑起来嘴角有一对梨涡："对不起呀，晓雨姐姐，路上堵车我迟到了十分钟。"

布丁是我的读者，在得知《追得上星星的女孩》要出版第二部后，就给我发私信说想要讲讲她的追星故事。

恰好是同城，便约了见面。

"我喜欢的那个人是景甜，平时我叫她'大甜甜'，其实对我来说，她不是偶像，而是一个姐姐般亲近的存在。因为她，我克服了内心的很多恐惧。"

"是她教会了我，女孩可以做自己。"

布丁是从初一开始便喜欢上Lolita（洛丽塔风格）的服饰的，那个时候刚"入坑"，虽然并没有深入了解其背后的文化，却被少女风十足的华美裙子吸引得挪不开眼球。

"我从小就爱美，喜欢各种小裙子，但平时在学校大家都穿校服没有机会穿自己喜欢的裙子。"

于是，平日里攒着压岁钱和零花钱的布丁，会在每次考试成绩不错的情况下，奖励自己一套喜欢的Lolita裙子。刚开始，就偷偷穿，因为觉得太夸张，就自己在卧室里对着镜子欣赏。后来会和身边最好的朋友分享，她又入手了什么裙子，喜欢上哪个博主，但依然是小心翼翼的，不敢把"自己喜欢洛丽塔风格"这件事拿到日常生活中去讲。爸爸妈妈知道布丁的爱好，倒没有反对，他们虽然不了解洛丽塔，但只要是女儿喜欢的便全力支持。

"可你知道吗？那个时候我真的超敏感。"

布丁从小因为"声音甜美"，很容易在说话过程中引起旁人注意。她的嗓子就像柔软的棉花糖，糯糯的，甜甜的，让人很舒服。

本来是优点，却因刚上初中时被班里一个男同学说成"嗲"，独自伤心了好久，从那以后她就变得不太容易表达自己。

"我真的很害怕，在别人眼里自己是个奇怪的人……"布丁叹了口气，回忆起自己的初中时光脸上流露出与这个年纪不符的愁容与焦虑，当时只有13岁的布丁，最害怕的就是"和别人不一样"，所以平时她在班级里努力做一个乖乖女，和所有同学打好交道，平日里的穿着打扮，一举一动，从不出格。

两年过去了。虽然自己收藏了好多套Lolita裙子，但布丁几乎没有穿出门去。那个时候刚好电视上在放《大唐荣耀》，景甜饰演

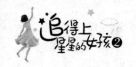

的女主沈珍珠，闯入布丁的视线……电视剧中那个眼神充满灵气的女孩，在面对喜欢的人时流露出的坚定太打动布丁了，从那以后，她开始关注起这个演员。

比起班里其他人喜欢的明星，当时的"大甜甜"受到的嘲讽比喜欢似乎更多。虽然《大唐荣耀》收视率不错，但因为之前演的几部电影反响不是很好，2017年的景甜，人气和口碑都只能算一般。

过去的景甜身上有很多标签，好的坏的，是她，又不是她。

当和媒体聊起这些话题时，她倒从不避讳："我不给自己设限，有时候标签是观众、网友，或者作品赋予你的，我觉得有标签不是坏事，但是打破标签确实是一件很有成就感的事。"

布丁说她很喜欢景甜的一点，就是她从不解释，只默默做事。

很多时候我们是有随意去评价一个人的条件，互联网太发达了，批评、抨击一个人的作品都不是难事，演得好就是好，不好就是不好，没必要强词夺理去为谁"洗白"，只是希望大家能够在监督演员的同时去真正了解这个人。

布丁笑着说："我看过几部大甜甜拍的电影，确实没那么好看，但这并不影响我对她的喜欢。偶像们也不是永远都在最佳状态的，或许某个角色不够出彩，或许某个场合闹出笑话，她也会长痘痘，会有黑眼圈，会有状态糟糕的时候，但是那又怎么样呢？这些都是可能会发生的。人生中某一时刻的感觉是不会改变的，就算她不够完美，但只要她朝着理想不断努力就是值得喜欢的。就像我们学生参加考试一样，有时成绩好，有时会倒退，人生起起伏伏本来就很正常。偶像和粉丝之间，都应该给彼此成长的空间。"

相较于娱乐圈其他明星，景甜的演艺之路确实"起点较高"。

从小学习舞蹈的景甜，12岁那年，她独自离开家来到北京舞蹈学院附属中学求学。大学毕业后就签了影视公司。在同学们都还默默无闻时，她就已经跟周润发、刘德华、赵薇、吴镇宇、金喜善等大明星合作过了。无论是电影《战国》还是《长城》，她的演技都没有得到认可。是真的演技太差吗？在布丁看来倒未必，"我觉得大甜甜早年最大的问题是没有找到自己的定位，很像偷偷在家穿Lolita，出门却又戴上另外一副面具的我，因为很别扭，所以没法真正入戏。"

《大唐荣耀》后，景甜放弃了去做自己不擅长的事情，以及与自己不契合的角色，开始在公众面前展露真实的自己，反倒逐渐吸引了很多人。2017年的一次直播洗脸，景甜卸妆素颜的可爱耍宝，一下子拉近了她与普通女孩的距离，甚至很多网友还喜欢上了她的同款发箍和洗面奶。连景甜都曾在一档综艺中自嘲："演戏没火，洗个脸却火了。"其实关键在于，大家都喜欢真实的人，喜欢有血有肉有个性的人。

如果一个人总是违背自己的天性去生活，不仅自己痛苦，也无法吸引到真正喜欢你的人。

"我喜欢的不是明星景甜，也不是演员景甜，而是景甜本人，那个在荧幕之外勇敢追逐自己想要的人生的女孩。"

近几年来，景甜没有再随便接洽各种不适合自己的角色，而是蛰伏，修炼自己的演技，直到今年年初玄幻剧《司藤》的大火，身着旗袍、柳叶眉，在霸气与温柔之间切换的景甜一出场，就引起社交媒体的疯狂讨论。

"这个角色真的太适合景甜了""景甜穿旗袍太惊艳了""恭喜大甜甜终于找到自己的风格"……看过这部剧的人都知道，景甜在里面，确实和从前不一样了。

演技比从前更稳了，眼神更有层次感了，最重要的是她好像找到了属于自己的风格。接下来，景甜的口碑实现了"大逆转"。

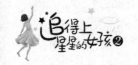

迟迟没有水花的空窗期，靠着一部《司藤》就撑起了前所未有的热度。这部剧的成功自然离不开导演的用心编排和造型师的精心设计，演员亦是功不可没。

"司藤"本身的冷傲、聪明、理性，以及对爱的纯粹追求，在景甜的演绎之下变得入木三分。

司藤的出场戏，是穿着一身珍珠白的旗袍，散发着珍珠般淡淡的、盈盈的白光，倒是令人想起早年间大家称景甜"人间富贵花"的绰号。她原本就是山花烂漫中最夺目的那一枝，又何必为了合群而泯然众人。这种大大方方做自己的感觉真的太吸引人了。

原著里，司藤的主体本是白藤——"长在西南密林，抬首是天，低头是地，风霜雨露，日月精华，想开花就开花，想不开花就不开花，想爱谁就去爱，不爱我我就走。"本就生活得自由自在，是个可以帮助演员打开自我的角色。

由此可见，演员找到适合自己的路子有多重要。也是在这个过程中，布丁顿悟："就像景甜掀起的旗袍风一样，总有人喜欢的东西不是大众的，那又能怎么样呢？把自己真实的一面展现给大家，把自己喜欢的东西大大方方穿过去。这才是我想要的人生。"

人生最可爱的瞬间，就是挥挥手，自己走自己路的那个时候。

从初一到高三，已经喜欢了六年的Lolita风格服饰，布丁终于敢大大方方穿出门了，而不再只是好朋友们聚会的时候才敢展示。

不仅要穿，还要穿得漂亮，青春的绽放往往在于一个人内心对热爱的极致追求。撑起裙撑，穿上玛丽珍小皮鞋，配上手套和蕾丝发带，昂首挺胸走在大街上，像个真正的公主一样。

布丁说这些变化都是日积月累的精神衍变，但真正令她不再对外界感到恐惧，也不再那么在意别人的眼光，离不开偶像景甜给予的力量。她永远不会忘记景甜说过："外面的声音我不能拒绝，但我可以选择倾听自己的声音。每个人有想去尝试的方向就该大胆地去试一试，也许不一定会成功，但付出的努力会让你感谢自己。"

这大概是追星文化最有意义的一点：好的偶像，发出的光，是多元化的，能够鼓励更多人去追求自己心中的热爱，不仅可以拓展大众对于小众群体的认知，还会把光辉照到一些曾经感到无比恐惧的人身上，重获力量。

这是积极的力量。而且，在布丁心里，景甜对粉丝的态度从来不是高高在上的，她会认真听取粉丝的建议，但并不盲从。

粉丝劝她不要留短发，她就把头发留长，果然长发飘飘更适合她。粉丝劝她别执着于拍电影，于是她开始仔细挑选角色，不再拒绝电视剧的本子。

现在的景甜，不再拘束自己。她会在直播间和大家互动，耐心解答各种问题，可爱又接地气。

《奇葩说》里的毛冬说："粉丝其实是找到了一条自己愿意为之奔跑的道路，并且这条路上有很多人陪TA一起走下去，这是一件天大的好事。"

布丁的故事就是最好的例子。

当我看着眼前这个女孩，穿着华美精致的Lolita坐在我对面，我觉得她是发着光的，因为这美丽的背后所散发出的自信、坦然、真诚与无畏，都是女孩一生最珍贵的礼物。

丁程鑫
——我不仅要让月亮奔我而来，还要成为月亮

有人说，长大的过程，其实就是接受自己只是个普通人的过程。

但丁程鑫说，只要足够努力，每一个平凡少年都有梦可做。

我们这一生，除了随波逐流地长大，还可以选择逆流而上的青春。

如果用一个词来形容你的偶像，会是什么？

"月亮。"

我喜欢的人，他就像月亮一样美好，远远地，柔柔地，照耀在寂静的大地上，在这个物欲横流的世界里，所有人都忙着追求脚下的六便士，他就那样遗世而独立地坚守着自己的热爱，等待滚烫的黎明到来。

阿福说这些的时候，眼里有光的感觉。

她笑笑："虽然我只是月亮底下的一个路人，在匆匆赶路的过程中，偶然抬起头来，看到头顶这个又大又圆的月亮，猛地呼吸几口新鲜空气，就足够给我的生活带来一阵清凉与慰藉。"

在阿福看来，偶像与粉丝之间，最好的距离就是你在舞台上闪闪发光，我在台下为你点亮星光。

"他看不到我的脸，但是我举了灯牌，他就知道我是为他而来。"

说起来，阿福是从2016年开始追星的，时间太久，都忘了第一次注意到丁程鑫是在什么节目上，但阿福还记得当时的自己不由得和好友感叹："这个男孩真好看呀！"慢慢了解以后，被丁程鑫身上的乐观积极和努力做到更好的那股劲儿深深地打动，平淡的青春里，阿福仿佛找到了可以学习的对象。

他有着自谦自省自信的强者风范，也有看山河万物都可爱的童真之心。

他对粉丝说："我们是彼此的星星和月亮。"

"我是因为丁程鑫才认识了TYT（台风少年团），直到现在的TNT（时代少年团），'台风蜕变之战'也是我一期期追过来的，在这个过程中我被他们对梦想的执着打动，但我永远偏爱丁程鑫。"

在阿福看来，丁程鑫是一个温柔到骨子里的少年，因为他真的尽全力把自己的爱分给了身边的每一个人，日常会细心照顾身边每个人。即使不是队长，作为主舞也会很热心、很有责任感地去帮队友"抠动作"。每次粉丝见面会，都会对大家温柔以待，每次在机场都会叮嘱粉丝们一定要注意安全。

有一个很小但很戳阿福的细节，是在一部纪录片里，丁程鑫会下意识地帮弟弟去挡电梯，谦谦君子，温润如玉，大概说的就是他了吧。

看着自己喜欢的偶像，在七年的训练生时光中刻苦学艺，从未言弃，从一张白纸逐渐成长为唱跳俱佳的少年，终于出道，深受大众喜爱，阿福除了开心还有一种"欣慰感"，是那种真心实意为生命中最重要的人感到喜悦的感觉。

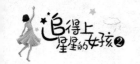

她比谁都知道丁程鑫这七年有多努力。

刚进公司的时候，老师会让舞蹈实力强的人站到人群第一排，11岁的丁程鑫因为毫无舞台经验，只能站在后排。为了提高自己的舞蹈能力和训练肌肉记忆，他只能牺牲休息时间，腾出更多时间去练习，看视频、对镜练习、上小课、找队友商量对策……最长时一次性练舞十几个小时，但越累越兴奋。

"现在不累，或许以后连累的机会都没有了，不想放弃这个机会，所以得不断努力。"最终丁程鑫终于从"舞台小白"进阶成了团里的主舞担当。

2020年5月，时代少年团翻跳EXO的《破风》，用充满青春和力量感的表演，淋漓尽致表达出少年的意气风发，这段视频成功让组合出圈，同时，丁程鑫娴熟的舞技也深受年轻人欣赏。

那段时间，阿福班里就有不少同学谈论起这个组合来，阿福会很骄傲地和大家说："那里有我喜欢的人哦，他叫丁程鑫。"

漫长时光里，丁程鑫始终以积极的心态追逐梦想，认真对待每一个舞台和每一项工作，从唱跳到演戏，不断去挑战自己，打开人生的边界，可以说是"Z世代青春正能量"的代表之一了。

出道以后，即便是已经走出狭窄的练习室成为明星的他，也依旧严格地要求自己。学习和演艺事业都没落下。会在飞机上赶着写作业，也会在深夜依然练习着舞蹈，在阿福看来，丁程鑫是个追求极致的人，会对生命中每一件重要的事情都全力以赴。

这也恰恰是她所向往的。

丁程鑫特别热爱舞台，对他来说，那是一个充满情感和力量的地方。不管是歌舞，还是演戏，有时候因为太投入他会看起来陷入一种"疯魔"状态，或许周围的人不能理解，但他自己乐在其中。他说："演员和偶像都是非常需要热爱的职业，因为热爱而去燃烧自己的情感，我觉得非常值得。"

阿福接着道："我知道，他其实是想用舞台和自己的表演向观众传递一些精神上的东西，事实上，他做到了，他的追梦经历真的给我带来很大激励。"

在这个过程中，阿福始终在向偶像看齐。

读中学的时候，阿福的成绩在班里算是中上游，并不算拔尖，按照当地的升学制度，孩子们要估算自己的成绩去报考高中。阿福的爸爸妈妈给了阿福比较中肯的建议，但阿福内心有一个"大胆的想法"，她想报考四中，四中是当地最好的学校。

以她平时模拟考试的成绩来看，还是有一段差距的。

在电视上看到丁程鑫去参加演技类综艺节目《演员请就位2》的时候，距离她中考，还有大半年的时间。

她看到丁程鑫在影视化改编短片《画皮》中，化身为狐狸小唯，阿福因为看过原版电影，知道这个角色十分难演，她倒好奇起来，自己的偶像会怎么化解这个难题。

戏里的"狐狸小唯"在被女将军佩蓉带回家后，轻轻趴在木桶边沿，用小兽的眼神回望四周，瞳色微异、语气生冷晦涩，此时的丁程鑫真真宛如一个初入世事的妖精，完全不同于人类的行为举止。随着剧情慢慢推进，小唯开始模仿人，并逐渐拥有人类的情感，结局，他失去了自己的挚爱，柳絮一样的雪落满了他的头发，他蹲在地上，缓缓抱住了自己……

戏里，狐狸小唯在雪中落泪。

戏外，在郭敬明导演喊"卡"后，丁程鑫仍然沉浸在剧情里，眼眶红红。

关于这次《画皮》的拍摄，后来阿福在别的报道上看到经纪人的讲述，说当时在高强度、快节奏的拍摄节奏下，丁程鑫一心扑在

角色上，什么都吃不下，工作人员因为担心他的身体，每天只能逼着他说出想吃的东西。

即便困难重重，丁程鑫从未抱怨，默默在剧本上写下了一行自勉的话："丁程鑫，加油！我相信你。"

当他在舞台上不断呈现出几个层次丰富的表演作品后，几位导师都给予了中肯的评价。赵薇说在他身上看到了丰富情感，尔冬升评论他很有天分，在《演员请就位2》总决赛之夜，丁程鑫最终获得"最受观众喜爱演员"称号和"微博最受关注演员"称号。

而电视机前的阿福也被震撼到："是啊！谁说不可能的事情就不能去尝试呢？谁说没有挑战过的未来就一定不存在呢？就像种子反抗石头，最后从石头缝里奋力而出，然后发芽，这种反抗的力量很迷人，这就是我认为的，属于青少年的生命力。"

阿福说她会永远记得自己喜欢的人曾说过："最弱的永远是在后面，如果我能成为最强的，就是在前面了。"

四中虽然听起来"高不可攀"，但并未遥不可及。

从此刻到中考还有大半年的时间，万一努努力，真的考上了呢？就算没考上，为自己想要的人生全力以赴不也是一种极致的快乐吗？

那段时间，阿福的自律程度连她的爸爸妈妈都感到意外。

"以前我是那种挤牙膏式被动学习方式，如果被管得紧，就努努力，如果没人管，我就很懒散。"

但自从喜欢上丁程鑫以后，阿福意识到，人生是自己的，努力与否，优秀与否，能不能过上自己想要的生活，都是自己的事情——你也可以选择浑浑噩噩，那就不要羡慕别人在追梦途中的闪闪发光，你也可以选择庸庸碌碌，那就永远品尝不到拥有"热爱"的那种津津有味，青春不是活给父母的，而是真真切切体会到为一

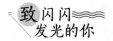
件事情付出全力的酣畅淋漓。

梦想啊，追到了是肩上的勋章，追不到是继续远行的行囊。

现在的阿福特别享受每一天。

读书读到无聊的时候，就偷偷去翻一下微博相册，很有规律的学习中穿插着喜欢的人唱的歌作为背景音乐。在阳光很好的天气里，奖励自己做完练习题的方式是在空白的地方，勾勒出少年的样子。放学回家的路上，会和好朋友迎着风，一人一只耳机，幻想着长大以后的美好人生。

在学校里，每天和卷子打交道也不觉得烦闷，书桌右上角摆着笔筒，笔筒上贴着偶像的笑脸，喝橘子汽水的时候会和偶像隔空干杯。

"他是天上的月亮，也住在这暖暖时光的心房。"阿福描述的这些画面，我觉得真的太美好了。

这样为梦想努力的日子，是多少成年人做梦也回不去的了。但因为追星，看到那个少年无邪的笑容，感觉自己的青春也被无限延长。阿福说："有时候我会祈求上天，让我快一点儿长大，这样就可以努力赚钱去看他的演唱会啦！但有时候又很想慢一点长大，想变得更优秀，再去见喜欢的人。"

能够在破碎的绝境里依然拼凑起梦想的孤勇，是七年如一日的刻苦坚持换来的耀眼成绩，"丁程鑫，是我见过的最勇敢、温暖、炙热、坚强的人。"

我和阿福认真聊到追星那件事。

说起在现实中，很少有人会真的毫无条件地去爱另外一个人，大多数人的"爱"只是想通过自己的付出获得等价回报，这样的爱其实只是一种垂钓。

而少年少女去追星，本质上是一种信仰，对喜欢的人和喜欢的

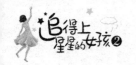

人生的一种美好憧憬与向往。

她们的付出是无目的的，是持久的，是一种不求回报、可持续续航的为爱发电，是平凡青春里交换过的鲜活人生，尽管很多人说追星只是一场盛大的"自我感动"，但她们不懂的是，这种感动是会在未来的某一个契机下，给自己一份神秘礼物。

它不是虚无的幻想，它是实实在在出现在我们生活中的隐形助力。

"如果不是丁程鑫，我想，我不会对自己的人生这么期待——因为他，我才有了真正的自我意识，懂得独立思考，勇敢追逐梦想，这些出现在我的生命里，就是追星带来的最好的礼物。"

前段时间，阿福看了丁程鑫的一场直播。

在直播里丁程鑫特意给粉丝写了一封信，里面好多话都挺戳人。

丁程鑫在给粉丝的信里写道："我不是一个聪明、能够看透梦想本质的人，所以比起想，我更喜欢用行动来让梦想清晰，以前的我也对一些不是梦想的事很执着，导致给自己压力很大，因为事事都想要一个完美的结果，不仅自己很辛苦，也让周围的人很辛苦。

"所以我现在越来越明白一件事，就是梦想之所以美好，是因为有无限可能，你可以随着自己的成长给它添砖加瓦，但是一旦你把梦想变成了现实，梦想在这一刻被执念和现实左右后往往就会丢失梦想的意义，所以追梦的我们不用去强求完美结果，要允许不完美存在。"

阿福忍不住激动起来："我真的被这段话打动了，他说出了我的心声。"

其实阿福也犹豫过，万一自己这么努力，付出百分百的热情朝着梦想前进，可最后还是没考上，会不会被别人嘲笑，会不会很受打击？但正如丁程鑫所言，追逐梦想最珍贵的地方就是在于那个过程的全情投入，这种不可复制的炙热感，而不是一味强调结果，本末倒置。老话说，但行好事，莫问前程，如是而已。

丁程鑫写给粉丝的信里最后一句是："希望大家可以活得轻松一点，实现梦想就是肆意欢笑，没有实现也不过是从头再来，也没什么大不了的。最后祝大家追梦追得开心，追得无愧无悔。"

在阿福看来，这是丁程鑫对粉丝说的，同时也是对他自己说的。近些年来，随着各个平台的选秀节目兴起，"偶像"似乎成了许多人竞相追逐的新职业，但只有真正喜欢唱歌、跳舞、表演的人才能体会到其中的快乐，而不是迷失在万人掌声与炫目灯光之中。这一点，18岁的丁程鑫，有着超越年龄的通透。

他始终在做自己喜欢的事情，追逐自己想要的人生。在他看来，少年的生命力在于挑战和证明自己，敢于反抗别人给的定义。

"所以我希望自己能够像他一样，去为想要的人生搏一搏，就算最后没有考上四中，我也不会遗憾啦！"阿福笑得特别灿烂。

采访阿福的时候，距离她中考还有一个多月，虽然不知道最终成绩如何，但拥有无畏、赤诚、勇敢的追星女孩，未来的人生肯定不会差呀。

18岁的丁程鑫也不知道七年前的自己会站上大舞台。16岁的阿福又将在这个盛夏夜开出怎样的绚烂花朵？一切都变得充满期待。

当我们找不到所谓的人生意义时，不妨抬头看看天边的月亮吧！热爱即使不能使我们取得世俗的成功，也可以使我们免于向庸常靠拢。我不仅要月亮奔我而来，还要成为"会发光的月亮"。

任嘉伦

——偶像并非彼岸，更像一只摆渡船

"你认为追星是在痴、尖叫和疯狂，可在我眼里还有感动、励志与成长，你不懂我，就不要闯入我的世界轻易指责我。"

"你为什么喜欢任嘉伦？"

"怎么说呢？用一句话来形容，大概是我觉得自己被他叫醒了。"

晴雪的这个回答，是我采访所有追星女孩里最打动我的。

"叫醒"两个字，点破偶像对于粉丝的实际意义，更像是一种成长的信号，悄然无声，唤醒你内心原本的热情与憧憬。

今年24岁的晴雪出生在遥远西北的某个村落，因为家里经济条件不允许，曾经差点儿辍学。

她所生长的地方真如祖辈说的那般贫瘠。

晴雪说她小时候最开心的事情就是过年，可以去镇上买新衣服、逛庙会，约上几个朋友去电影院看一场"奢侈的电影"，当鞭炮声响起，漫天的烟花绽开时，她就幻想自己长大以后的人生会不会像影视剧里演的一样，去了更远的地方，见到更广阔的世界，还拥有一间属于自己的小小书房，她坐在那里，为未来写诗。

其实晴雪真的很乐观、积极，她说起自己的经历没有一丝抱怨，相反，还洋溢着一股原生的自然之美和蓬勃的生命力。

从小到大，她学习很努力，一心想要考上一所好大学。

直到高三那年，爸爸生病了，因为面临着巨额医疗费，自己随时可能会辍学。她第一次感受到那种无力的恐惧。

对于家人身体的担忧，对于自己未来的迷惘。

"那段时间我觉得我的人生不会好了，我不明白为什么自己会遇到这么多事情，明明已经很努力，却还是很无力……"

好在，人生的境遇总是峰回路转，并未阻断我们的全部念想。

爸爸去省城做了手术很成功，而且农村医疗保险报销，最后发现实际要出的医疗费其实很少，还算负担得起。

"我还记得，在病房里，爸爸刚手术完没几天，摸着我的头一边安慰我一边以愧疚的语气说：'还好没有因为我让你辍学，不然爸爸会很难过的……'那一刻，我突然觉得上天还是待我不薄的，它让我拥有无限温柔的亲情，这比什么都重要。"

在医院陪床期间，正值寒假，同病房的一个叔叔带来一个iPad，大家伙每天都追着看北京卫视播出的《大唐荣耀》。

晴雪和爸爸都很喜欢看这部电视剧，这段日子也是晴雪和爸爸之间难得的"静谧时光"，父女两人一起讨论剧情，一起跟着人物经历传奇，一起分享看剧的心得，冬日里的病房竟让人觉得温暖和煦。

饰演"广平王"的任嘉伦，就这样闯入了晴雪的世界。

晴雪借用了微博上看到的一段话，说出自己的心声："你问我为什么追星啊？因为在这个乱糟糟的世界里，他总是闪耀发光，也是他的光让我明白，只有成为更好的人才能和他并肩前行，慢慢来，追星是一场声势浩大的陪伴。"

在这个情感匮乏的时代，我们每个人都在忙着匆匆赶路，却很

少有机会欣赏身边的风景，去静下心来问问自己，到底想要什么样的人生。

偶像并非彼岸，偶像更像一只摆渡船，帮助我们找寻可以停靠的梦想港湾。

有人会说："为什么要追星啊？他又不认识你。"

"可没有人知道，被救赎的那个人，明明是我啊！"

喜欢任嘉伦五年以后，晴雪也想过自己为什么这么喜欢他，为他开心，为他流泪，为他每一次的进步感同身受地鼓舞着自己，因为遇到这个人，她开始正视自己的生活，重新拾起对未来的向往与信心。

"最重要的是我可以一个人去很远很远的地方，因为我知道，我的偶像，和我一样，正在远行的路上为了梦想升级打怪。"

晴雪在被剧里重情重义的广平王吸引后，特意搜索了许多关于任嘉伦的故事。发现他不仅演技好，为人低调，最关键的是他的演艺经历非常坎坷，却依然保持初心，积极向上，这不就是她理想中自己的样子吗？

和晴雪的原生家庭背景相似，任嘉伦出生在一个普通家庭，少年时期的他，生活并不算一帆风顺。

屡次跌倒，屡次重新站起来，且姿态更昂然。

屡次失去，屡次拼命从命运手中抢夺回来，从未想过放弃梦想。

"他所拥有的一切，都是靠他自己的努力得来的。"

"这是我最喜欢他的一点。"

"他没有资本也没有什么背景，走到今天，全靠自己的坚持。因为喜欢上这样一个优秀的人，让我懂得了黑暗之后，必有阳光，也让我明白了只要穿越生活的迷雾，坚持下去必能看到那道

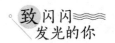

属于我的彩虹。"

高三，返回学校以后，面对来之不易的学习机会，晴雪开始拼命努力，目标更加清晰，她想要在年轻的时候去更大的世界看看，她想报考北京的学校。而首都好的大学分数线通常都比较高，所以就更需要付出加倍的努力，当一个人有了目标，有了期盼之后，自然有了冲劲，晴雪永远不会忘记那半年的挑灯夜战和课间跑操时嘴里都在背单词的充实时光。

回想起这些，我问晴雪："会觉得很辛苦吗？"晴雪摇摇头。

"不会呀，为了自己想要的人生，怎么奔跑，心气都不会松懈。觉得很辛苦的时候我会想起偶像说过的，实现梦想也好，完成工作也罢，我们在做一些事情的时候，尤其是做成这件事之前，多多少少都会遇到一些困难或者曲折，但只要你够喜欢、够热爱，就能把这件事情做好。"

热爱是所有事情的开始，也是所有结果的答案。

那个时候晴雪想，等自己上大学了，去北京了，可以做兼职赚钱了，说不定有机会去参加偶像的见面会。

"为了见到他，我拼命努力，终于考上了好大学，如愿来到了北京。对于我来说，任嘉伦就是我漆黑夜空里的一束光，是他叫醒了内心深处的我，把我从那个小村庄里拉了出来。"

此刻，坐在北京蓝色港湾的一间咖啡厅里。

晴雪讲述这些的时候很平静，但我听出跌宕起伏来。

她的故事已经不单单是"追星故事"，更像是一种充满爱和力量的救赎，既是偶像给她的正面影响，也是她本人从泥沼中不断向上攀索的倔强灵魂在驱动。

这个女孩身上的真实、平和、坚定，和任嘉伦给人的气质很像。

任嘉伦在娱乐圈有着"人间清醒"的标签，纵观他过往履历，

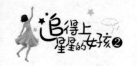

会发现他对自己的生活，的确有着清晰的安排。

曾经有人这样评价他"无校友圈子，无男友人设，无资源强推"，一个内娱的"三无选手"是如何一步步成为一个实力演员的呢？

说到这里，晴雪脸上露出狡黠又骄傲的笑容："我们国超的故事可传奇呢！"

"我在演戏之前是唱歌跳舞的，唱歌跳舞之前我是做航空的，做航空之前我是打乒乓球的。"这是任嘉伦曾在自己的微博上发过的调侃。

众所周知，任嘉伦本名任国超，这也是大家观看他出演的电视剧时，弹幕上总有人喊"国超"的原因。镜头拉回到任嘉伦的少年时期，国超同学，从5岁就开始打乒乓球，他的父母一直希望他成为一名专业的国家队乒乓球运动员，国超也不负众望，小小年纪就顺利地进入了省队。

他现在还和国家乒乓球队现役队员周雨是好哥们，早年在综艺节目里还和张继科对打过，连"乒乓天才"张继科都夸赞他乒乓球打得厉害。

但因为病伤，打了九年乒乓球的国超同学，最终还是遗憾退役了。

之后的那段时间任嘉伦在青岛机场做地勤。

可以说是职业的近水楼台吧，这时的国超同学可谓开启了"少年追星的范本"，偶尔在机场遇到喜欢的明星会给对方拍好看的照片，更重要的是，他和无数迷弟迷妹一样，也有自己喜欢的明星。

当时国超同学喜欢一个很火的韩国组合，为了向偶像学习，他做地勤期间也在默默努力，国超白天工作，晚上读夜校，其他时间自学韩语和舞蹈，后来因为他的努力，还被从国内地勤调到了

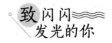

国际地勤。

从练球到练舞，带着这份少年热血，任嘉伦开始真正追逐起"后青春期的梦想"。

在参加《快乐男声》《名师高徒》《先声夺金，唱响亚运》等一系列国内选秀都失败以后，国超同学仍然没有轻易放弃，终于得到了参加中韩造星计划选拔赛的机会，以练习生的身份奔赴了他向往已久的公司。

功夫不负有心人，2011年任嘉伦加入中韩组合，并担任队长、领舞和Rapper，以唱跳偶像的身份出道。

这段旅程仍然充满孤寂，彼时的作品也无人问津。

后来，任嘉伦选择了回国，签的第一部电视剧是《通天狄仁杰》，但这部剧杀青后一直搁置未播，真正让任嘉伦这个"宝藏男孩"走进大众视线的，就是打动晴雪的《大唐荣耀》。

后来在媒体采访中得知，其实任嘉伦当时去剧组面试的是男二号，但因为提前做功课准备充分，态度又诚恳，导演就顺便让他试镜了男主。

没有想到被这个年轻人丝丝入扣的演技所吸引，导演决定"冒天下之大不韪"，大胆起用国超这位新人演员做了男主。

事实证明，这个冒险是对的。

任嘉伦确实将广平王身上的隐忍、深情演绎得入木三分。在拍摄《大唐荣耀》的时候，老戏骨王劲松老师饰演的是广平王李俶的父王，对任嘉伦也是赞不绝口。

"通常许多明星爆红后，可能会被网友各种扒，但我们国超同学不仅没有被翻到任何黑料，还因为早年社交媒体上的有趣发言圈了一波粉。"晴雪说到这里都忍不住笑出声。

"作为一位孤独的王子，我一定要让自己变得更加优秀，努力

让自己从体育生转变成一位文艺人物。"

"你能想象吗？这就是国超同学以前发在网上的。"

那些年少时写下的人生感悟，都被网友们挖出来，集结成了当时娱乐圈热门读物《国超文集》。从社交媒体上的种种记录来看，任嘉伦本人一直都是很真实很励志的，表达的很多内容都离不开"我要努力""我要上进"的精神内核。

2007年，任嘉伦曾在博客上写下："荣耀，早晚是我的。"

谁又能想到，十年之后，2017年他真的靠一部《大唐荣耀》获得青春的荣耀。

真的太励志了！

粉丝们喜欢用"一人千面"来形容任嘉伦，他是古装剧《锦衣之下》里，有着"宗之潇洒美少年，举觞白眼望青天，皎如玉树临风前"的翩翩贵公子，也是国产甜宠剧《乌鸦小姐和蜥蜴先生》里，身世悲惨，内心却无比温暖的"皮卡丘男友"顾川，不论是古装剧还是现代剧，他总能带给我们意外的惊喜。

"认识他越久，越被他打动，看着他一路默默打拼走到今天。永远待人以诚、谦逊温柔，这样一个人当然值得被喜欢。"

面对浮华万千的娱乐圈，任嘉伦一直保持初心，将所有评价交给观众："粉丝和流量顺其自然就好。每个人都有喜欢任何人的权利，曾经有人喜欢过我，有人可能因为我的故事得到了鼓励，有人因为我的作品开心过，有人觉得我确实不错，我就很开心了。"

即便他已经结了婚，有了孩子，但在晴雪眼里，他就是少年热血的代表。

今年任嘉伦32岁了，他发微博说，自己终于迎来了第一张专辑《三十二·立》。

并在里面写下他整个的追梦历程：

"我虽然是演员，但是我爱音乐，我的生活里不能没有它。"

"16岁，鼓起勇气想要去尝试，自己学习、摸索、闯荡、东撞西撞，16年后终于发行了自己的第一张专辑，拍摄了自己的第一支MV，结合了32年来的其中一部分经历和感受，也参与了作词，写了自己的故事，第一次对爸妈说了我爱你，写了给嘉人（任嘉伦粉丝名）的歌。"

"梦想、态度、夜晚的音乐；狂野、自己和练习生；轻松、舒服、激励等都写了进去。"

"希望这张专辑里，有你们会喜欢的，哪怕只有一首歌。"

刚刚过去的春天里，晴雪在开往安河桥北的4号线地铁上，听得泪流满面。

有邻座的姑娘给她递来纸巾，以为她失恋了。

只有她自己知道，她是在为自己和偶像的追梦旅程感到无比热烈的开心与感怀，我们经历过那么多，终于兜兜转转，还是走上自己想要的那条人生路。那些受过的伤，都是成长的雀斑。衬托得阳光下的我们笑容更灿烂。

晴雪说："我相信爱一个人的本质，是因为爱，让自己变得更优秀。"

"同时希望所有追星女孩都可以因为爱上某个人而变得更加优秀。这才是我们追星或者喜欢某个人最美好的状态，也一定是他们所希望我们做到的。"

电影《桃姐》里有段台词说，人生最纯美的东西，都是从艰难中得来的，我们要亲身经历苦难，然后才能懂得安慰他人。

你无法阻止暴雨来袭，但可以选择踏浪而行。

周柯宇

——循着光，我们都将找到心之所向

他说："成长的道路或许布满荆棘，但我坚信，梦想的花一定能盛放。"

我说："我喜欢的人未必身披金甲，脚踏七彩祥云，但他一定是舞台上最耀眼的星。"

循着光，我们都将找到心之所向。

一

一个人什么时候才能称之为真正意义上的大人？

当你开始独自面对这个世界。当你不再抗拒陌生事物。当你心生忐忑，仍旧决定勇敢，一个人去走自己想要走的那条路。

长大，并不意味着无坚不摧，我们仍然会有脆弱的时候，会有想要依赖别人的时候，会犯错也能承担责任，更会有想要通过自己的努力实现独当一面的时候。

橘子最初喜欢上周柯宇，是因为他出演了自己最喜欢的同名小说改编的青春剧《我曾记得那男孩》，满满的少年气、帅气的剑眉、星星眼，穿白衬衫校服的样子，简简单单，却足够美好。

那部剧的很多情节，都让橘子有很强的代入感，她高一那年的同桌，也是个会牵动她细微心绪的少年。

追星和暗恋最大的不同在于，暗恋是一个人的心动，追星却是偶像与粉丝往各自更好人生的双向奔赴。是你身载光风霁月，光耀我一整个青春。

"很感谢他，用一身清清爽爽的少年气，晴朗了我少女时代的欢喜。"

因为太喜欢周柯宇饰演的"章扬"，橘子把他在剧里的旁白台词做成音频，一遍一遍地听。再后来，向来不爱看综艺节目的橘子打开了《创造营2021》。

那段时间，橘子每日往返于学校和培训班，高三学生的时间，就像一杯快要溢出来的水，每天要不断吸收大量知识去消化它们，还要不断汲取新的知识点，日子本来就兵荒马乱，紧张得厉害。

"我每周最大的动力就是等周六晚上的节目更新。"那也是橘子每周仅有的放松时刻。

"我说的那个男孩子，话不多，但说话很温柔。自从升入高二，文理分班，我们自然就不是同桌了，所以从那以后我们的交集就少了许多。"

"面对他，我总是很紧张，小心翼翼。"

"许多心思只敢写在我的日记本里，因为当下的阶段肯定是要好好学习，冲刺高考嘛。"

橘子笑笑："其实我还有一个秘密，就是我在看《创造营2021》的时候，在内心和自己打了个赌。"

赌的是，如果她喜欢的弟弟（周柯宇）出道了，就在高考之后去和自己喜欢的人告白。

"很傻吗？别笑话追星女孩啊！"我笑着摇头，"我觉得挺可爱的。"

"每次看到周柯宇的训练服被汗水大片浸湿，我就想，自己也

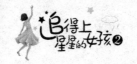

要努力去争取想要的人生，不管是学业还是其他的什么。"

在初舞台评级中，周柯宇的《在梅边》表现尤为亮眼，到了加试舞台更让人印象深刻，拿到了《创造营2021》第一个A。那一刻，橘子突然意识到，这个男孩子不仅有演戏天赋，而且在唱跳方面的表现力也很好，很多学员说他有"天生明星相"的耀眼气质。

少年毫不怯场，意气风发，站在那里仿佛与舞台的气场浑然一体，很多人甚至用"天生偶像"四个字形容他。

橘子会在手机里保存下关于他的舞台直拍视频，反复观看，他张弛有度的动作，充满帅气与力量。

"你知道吗？他在初舞台用英语向外国学员介绍我们中国传统文化戏曲的片段，我看了很多遍，感觉他整个人都在闪闪发光。"

从喜欢周柯宇的颜值到他的作品，再到点点滴滴，橘子被他在节目中折射出的人格魅力所打动。台风稳健、逻辑清晰、待人真诚，这些都是她喜欢周柯宇的特点。

这个十八岁的男孩在谦逊的外表下，有股子聪明劲儿，在衍生节目中的"狼人杀"游戏环节，周柯宇以缜密的推理主控全场，带领自己所在的阵营走向胜利，被观众惊呼"狼人杀高能玩家"。

橘子忍不住骄傲地说："聪明的男孩子，谁不喜欢？如果把他放在生活中，就是我们身边那种低调努力，对待很多事物有自己独特想法的朋友。"她很欣赏周柯宇的表达能力，节目里只要有周柯宇发言的part，橘子还会拿出日记本摘抄："弟弟说话有格局，条理清晰，很有感染力。"

第一次顺位发布感言，他问了粉丝一个问题："你们喜欢我什么？"他说："我希望当你们被别人问到这个问题的时候，我可以让你们有底气地说出'我喜欢他的舞台，我喜欢他四处碰壁却依然一往无前的样子'。不卑不亢，蓬勃张扬又充满正能量的少年宣言！

第二次顺位公布他第一名时，他告诉粉丝："接下来的日子里，不论鲜花掌声还是狂风骤雨，我都照单全收！别担心，别害怕，我们来日方长。"节目只是一个开始，往后的人生需要努力和互相陪伴的时光还很长。

"说来很好笑，我身边竟然有人是因为他的顺位发言而被圈粉的，而我有时候真的都忘了他才十八岁，有目标、有思考，坦荡得体、清醒体面又真诚温柔。"

那段时间，刚好橘子的模拟考成绩出来了，实际上比之前是进步了一些的，但她发现补习班的同学，大部分人的成绩都比自己进步得快。

"比起别人，我还是差一截。"如果是以前，按照橘子不服输和较劲的性格，内心肯定会因为这件事失落好久，同一个补习班，好像只有自己进步很慢，但周柯宇那段话激励了她。

"我不想拿年龄当挡箭牌，但是对一个十八岁的男孩来说，我还有更多需要学习的东西。我可以从第五到第一，也可以从第一到第八。创造营里面所有的色彩，我体会得淋漓尽致，所以我觉得我的收获比任何人都大。我有信心凭借自己的力量，再次站起来。没关系，放松。"

橘子也放松下来，把注意力集中到自己身上，做好自己的事情，在能力范围内尽最大的努力，不与旁人攀比，当你摒弃外界的所有杂音时，才能够感受到梦想的回音。

这是超越十八岁这个年纪的成熟与稳重的偶像周柯宇，教会即将十八岁的橘子懂得的道理。

二

2021年5月17日，周柯宇发布了一条"目光所及，皆是美好"

的十九岁生日的微博，用时间节点记录了自己的成长——1026天前，成为练习生；942天前，第一次登台；507天前，有了"宇航员"（周柯宇粉丝名）……一直记录到19岁这天，他说："我不会忘记最初我为什么踏上征途……"

"他用最温柔的样子爱着这个世界，尽管这个世界似乎对他没有那么友好。"橘子会在他遭遇委屈和攻击的时候满眼担心，大多数时候她都说，"我什么都做不了，就只能狠狠地支持他。"

卢思浩说，你会喜欢一个偶像，多半是因为他教会了你以前不懂的道理，而他发光的属性是你想拥有的，最好的支持不是多狂热，而是把喜欢的品质保留下来，让他知道，支持他的人，是一群努力的人。和他一样努力的人。

偶像的意义并不在于打造一个完美模范，而是让更多年轻人看到，努力和奋斗所带来的多元化可能性。

在周柯宇出道以前，要参加公司的面试和才艺考核。

当时的他还不是唱跳全能闪闪发光的样子，面试官曾在采访中提到，第一次见到周柯宇时的场景。

"他背着书包，穿着运动服从培训室里走出来，很轻松地跟我旁边的朋友打招呼，第一眼看他就觉得还不错。"在短暂沟通之后，她发现周柯宇虽然没有什么才艺基础，但他整个人的状态是轻松的，向上的，充满朝气的，无论打招呼还是交流都落落大方。

"我当时得出的判断就是——这个男孩是可以培养出来的。"

进入公司以后，周柯宇从零基础开始学习舞蹈。

也许会有人问："跳舞不是童子功怎么办？"但周柯宇的故事告诉我们，只要你愿意努力，就没有什么来不及。

他很聪明，也很自律，学习速度很快。难得的是他还有一个好心态，在日常的训练过程中，没有舞蹈基础的周柯宇在上课的时候最积极，遇到不懂的就去虚心求教，他会主动抓着老师问问题，能跟老师琢磨一个问题直到天黑。

指导过他的老师说："训练生心态的磨炼很重要，要对自己有清醒的认知，更要愿意付出相应的努力。"

疫情期间，公众尽量减少出门，周柯宇就干脆扎到音乐制作和编曲的学习中。

他没有因为自己起步晚就自怨自艾，而是一直精进自己，去变得更好。

我问橘子："那你会参与粉丝活动吗？"橘子的回答我非常喜欢。她说："追星的本质是为了快乐，如果在时间和精力允许的情况下，我会参与，但一定不要影响自己的生活。弟弟（周柯宇）也在直播里跟我们说，让我们照顾好自己，多为自己的生活操点心。"

爱我的偶像之前，我会先好好爱自己。这是橘子的追星宣言。

三

周柯宇的每一步都走得很稳，虽然在正式做练习生之前，他的"艺人的技能"那项是一张白纸，但他努力和钻研找到自己的学习方法之后，经过层层培训，迅速成为公司综合能力最强的练习生之一。

除此之外，周柯宇还有着很强的独立思考能力，在他写的训练日记里，除了用文字记录自己的日常生活外，还会真诚表达他对于一些事物的看法。

"其实不论学习还是当艺人，学会独立思考，是一个人走得长远的秘诀。"

在周柯宇的经纪公司，练习生不仅要接受相关的唱跳全能技

能培训，还要去学习知识，上文化课，甚至还有台词的课程，经常会有不同的命题要求，让练习生们展示自己的所思所感。要想成为一个合格的艺人，光有才艺不够，还要有不断学习、不断探索的能力，才能更好地理解歌词和舞蹈、影视等作品的内涵，然后结合自己的想法更好地呈现给大众。

同样喜欢用日记来记录生活的橘子，跟我们分享了周柯宇的部分训练日志——

2018.08.04：在我看来，我只是勉强过关，还远远不足，需要更多进步。

2019.07.21：我感觉自己慢慢适应了，不是说我有了硬性的演技提升，只是觉得，起码从这周开始，我更加理解"演员"这两个字。

2019.09.01：当我把大家当成"家人"看待之后，我会找到自己的安全与归属感。至少不会麻木于周围的环境，这使一个人"活着"。

2019.10.20：我一直相信，我有着世界上最宝贵的能力之一，自知之明。它使我能够站在极端的角度，去冷静地审视自己。

2019.11.03：我可能差到没资格说累，我会尽最大的努力去面对自己的不足。

2020.11.08：烦恼是未来会长期伴随我的，学会如何处理情绪、调节自我，发现并承担更多的责任，才是最大的成长。

"你看，他也不是什么天才，他就是一个拼尽全力去追梦的普通少年，和普通的我一样。"橘子说。

作为采访者，我也终于相信，为什么那么多人说周柯宇有不符合年纪的成熟与稳重，也很难想象，那时候还未满十八岁的少年训练日志，能如此清醒与自知，会复盘自己的不足，再去不断努力。

他的确不是天才，他只是坚定了目标之后，用努力与勤勉让自己成为别人眼中的"天生偶像"。

"比赛那段时间，我每次给周柯宇投票的时候，就仿佛在支持平凡的自己。"

说到这里，橘子也提到现在身边年轻女孩的"追星心得"，就是一个人长得帅不帅，唱歌好不好听，只是作为大家最初喜爱他的某个燃点，真正能吸引粉丝们持久关注偶像的根本在于，对方的价值观，他有没有带给你现有生活之上的思考，他有没有唤醒你内心深处的一些想法。

有时候，追星并不是简简单单地崇拜某个人，而是他教会我们，怎么去正确面对人生中的风浪，在十八岁这一年，这个笑起来天真无邪的男孩，背负了很多压力，可他依然越来越耀眼。

"这个世界和我想的不太一样，但我依然站在了这里。"这是周柯宇成团夜的发言，荧幕前的橘子泪流满面。

正如世间万物在阳光下的样子，有阳光，自然有阴影，但善良的人始终能看到这个世界美好的样子。

4月18日那天，周柯宇在微博晒出了自己小时候的照片。照片中小时候的周柯宇挽起裤腿，坐在泳池边泡脚，对着镜头，笑得有点羞涩。

好在，多年过去，小男孩眼里的光和嘴角的笑，都没有消失。他还是那个无论见过多少人世阴暗面，都依然相信光的男孩。在他的感染下，也有越来越多的年轻人想要变得更好。

《创造营2021》决赛前几天，周柯宇受伤，面对粉丝的担忧，他在车窗上哈了雾气，画了颗爱心，示意粉丝不要担心，然而路透

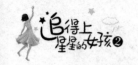

视频中可以很清楚地看出他走路一瘸一拐；在练习室的视频里，粉丝也捕捉到他疼得龇牙咧嘴，却依然在音乐响起的时候，马上投入了练习。决赛当晚，周柯宇凭借唱跳俱佳的solo舞台，微博一夜涨粉14万，是新增粉丝数最多的选手。

"少年什么都不怕，也一点儿都不差，只要给他一个舞台，他就能用表演征服你。"橘子这样信誓旦旦地说。

在后来的很多场表演中，的确有微博博主这样调侃："只要给周柯宇一个镜头，就谁都别想走！"言外之意，这个少年会用自身的魅力与实力圈粉。

总决赛那天，橘子说她一连发了很多条朋友圈，除了因为偶像的名次意难平之外，更多的是对她支持的少年的祝福。

没想到，那个她一直暗恋的曾经的同桌男孩给她那条意难平的朋友圈点了一个赞。

"如果周柯宇出道，高考后就跟喜欢的男孩表白"这个承诺，她记在心里，再等等，没关系。而男孩这个"赞"是她在这段青春里，给予自己懵懂暗恋最好的回应吧。

原来，她所关注的一切，男孩都知道。

"很多人对周柯宇的印象是长得帅，我开心的同时，更希望大家能看看他帅气外表之下的人格魅力与实力……但凡你愿意去了解，你就会知道他有多值得。"

周柯宇的性格沉稳内敛、不争不抢，每次团体活动，需要他讲话的时候，他发言得体；不需要他发言的时候，大多时候他都是默默的，偶尔充当团队里的英语"翻译"的角色。

在综艺节目里，他玩游戏的时候会拼尽全力，镜头之外也会和朋友打打闹闹，像每个平凡的19岁少年一样……

橘子说："弟弟面对别人的夸赞容易害羞，但是登上舞台表演那一刻，他就会像换了个人一样，光芒四射，有着让人无法忽视的强大气场。"

有时候橘子希望沉默寡言的弟弟能多说点话，但后来，她说自己越来越喜欢的就是有人格魅力的他。橘子用显微镜般的"爱"给我看了很多周柯宇身上的小细节——

在快本游戏过程中，担心别人绊倒，暖心扶住倒了的道具；录制户外强度大的游戏时，为帮受伤的学员而宁愿自己淘汰；把自己的衣服送给没有带衣服来中国的外国学员；为照顾粉丝身高，会压低学员和粉丝做游戏的手；帮语言不通的外国成员做翻译、带他们吃接地气的中国美食……镜头前镜头后，周柯宇都是一个把教养刻在骨子里的男生，才会被《快乐大本营》的主持人点名表扬。

前段时间周柯宇有件很戳心的小事上了微博热搜：一位粉丝在庆祝自己结婚五周年的餐厅，偶遇来用餐的周柯宇，得知粉丝在庆祝这么重要的纪念日，他特意把自己印有宇航员图案的手机壳签上"永远幸福"字样送给了这位粉丝。

女孩分享这段让她感动的经历时，说："这是我最棒的纪念日礼物！"是啊，有爱人的陪伴，亦有偶像真挚的祝福，这种双倍小幸福一定很难忘吧！

"越了解越发现，弟弟与他给人的'高冷'第一印象简直大相径庭，他的温柔与细心，善良与温暖，总是在不经意间戳到我，所以，我不自觉会想要成为像他一样温暖的人！"橘子说，"网络上很多喜欢周柯宇的人都在各自领域默默努力，有人想要努力赚钱再去见他，希望那一天是他们的演唱会；有人想要取得更好的成绩，晒一晒优秀的成绩单给他；有人在努力练字，只因周柯宇读粉丝信

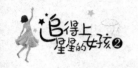

的时候夸粉丝的字写得好看；有人在烦闷的工作中看看他的近况，就是一种愉悦的精神喘息……"

的确，采访的间隙，我去搜了周柯宇相关的微博，无意中看到一个外国女孩发微博给周柯宇打气，说："加油！我是你的泰国粉丝，我在努力为你学中文。"还有粉丝一起加入了学习群，说："周柯宇英语那么好，我们也要加油。"而群名介绍处赫然写着：**周柯宇的宇航员要好好努力去见周柯宇。**

"我的故事和你采访的那些追星女孩的故事比起来，或许并没有多特别，但是，因为我的偶像，我看到也感受到了很多美好。"

"弟弟19岁生日后仅一个月时间，后援会带领粉丝们就已经参与了11项公益项目。我觉得，因为喜欢一个人而变成温暖的人，这个靠近'光'的过程本身就很治愈。"

六月底，高考成绩公布，橘子比平时发挥得要好，她很满意，除此之外，关于她成长里的小小暗恋，也得到了最好的回应。

跟我分享了一系列好消息之后，她让我一定要去看一看周柯宇的超话。

我刚点进去，就看到很多宇航员在超话里晒高考成绩。有成绩优秀的粉丝，完成了"要像周柯宇一样优秀"的小目标；也有成绩不如预期的，评论里的宇航员互相鼓励打气……这种把追星化作成长路上的动力去努力的感觉，太值得分享了。

更令橘子感到暖心的是，当晚八点钟，周柯宇官方粉丝后援会特意为高考完的"宇航员"准备一份暖心礼物——线上为大家提供一个"团建交流"帖，凡是参加完高考的宇航员都可以在帖子里与前辈宇航员交流……报志愿、选专业，以及面对即将到来的大学生活有什么建议等都可以分享。

瞧，有一个喜欢的偶像是多么了不起的事情，他在最闪光的地方为你努力，你在最平凡的角落陪他成长。

当我们对生活感到疲倦的时候，一想到你就在某个地方存在着，努力着，生活着，我就有了继续走下去，面对这繁杂人世的勇气。

电影《我的少女时代》里开头有段话说得平实，却直戳人心：

"没有人告诉我长大以后的我们会做着平凡的工作，谈一场不怎么样的恋爱，原来长大后没什么了不起，还是会犯错，还是会迷惘，后悔没对讨厌的人更坏一点，对喜欢的人更珍惜，但是只有我们才可以决定自己的样子。"

但因为周柯宇的出现，现在的橘子，不会再杞人忧天、忧思过度，去担心自己不够好。

因为我们还年轻，年轻就意味着机会。我们还有大把的时间可以去努力，去靠近自己想要的人生。

愿顶峰相见，我们都成为自己理想的模样。

愿你成为大人的路上，也可以偶尔做一个快乐的小孩。

愿你心之所向，皆是美好，鲜花、掌声都属于你。

周杰伦

——我们的青春永远年轻，永远热泪盈眶

你一定有一个，一听周杰伦都会想起的人。

当我们不停地听一首歌的时候，这首歌所代表的就不再只是一段旋律，一组歌词了，而是我们整个青春。我想，我们如此爱周杰伦，大概就是因为在他的歌里，都能找到属于自己的故事吧。

"你一定有一个，一听周杰伦就会想起的人。"

花火说这句话的时候，眼角眉梢带着一股俏皮和神秘。我忍不住好奇起来："那……你说的那个人，是你的初恋吗？"

花火摇摇头。她说的那个人是她少年时代最好的朋友，也是曾经的"死对头"，夏鹿。

花火第一次遇见夏鹿，是在高中入学的开学典礼上，两个人均作为新生代表发言，花火是典型的乖乖女，穿着百褶裙站在台上微笑面对大家，嘴里背的是自己昨晚通宵反复练习背下来的宣讲词，而夏鹿往台上一跳，马尾甩得高高的，接过话筒说："今天我想抛开所有的准备说一点心里话。"

紧接着夏鹿分享了她的学习心得和对于新学期的憧憬，她说她喜欢课本上的知识也喜欢在大自然里捕获新鲜感受，她会花时间去背单词也不忘每天写心情日记，她说她最喜欢的歌手是周杰伦，因

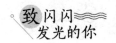

为他的歌总能带给她一种奇妙的力量感。

说完这些，台下早已掌声雷动，还伴随着不少尖叫声。那就是花火和夏鹿的初遇。一个光芒万丈，一个被湮没成路人，但花火没有说出口的是那句"我也喜欢周杰伦"。

接下来的三年里，花火和夏鹿作为同年级里的佼佼者，又是同一个班级，总是忍不住被大家拿来对比。花火心里也总在较劲。平日里夏鹿大大咧咧注意不到这些，特别喜欢拉着花火玩耍，花火为难的地方在于，明明自己很讨厌这个人，但看到她天真无邪的笑容又忍不住被打动。所以她在面对夏鹿的时候，总是冷若冰霜，假装不在意，转头却无比关注夏鹿的一举一动。考试要比成绩，运动会要比项目，就连每年的文艺表演，花火都会用尽心思去琢磨："怎么能超过夏鹿呢？"

因为拥有一个强大的对手，青春竟然变得格外有趣。

"我从来没有和夏鹿说过，我也喜欢周杰伦。那个时候周杰伦真的好红，学校门口的步行街，常年有礼品店放着他的歌曲，他的歌被抄在日记本里，校园广播站，没有一个年轻人不想靠近周杰伦以及最新潮的文化……似乎青春里的每一种情愫，都能在他的歌里找到最合适的BGM（背景乐）。"

夏日跑步时听《星晴》，夜深人静时听《安静》，班里的男生手舞足蹈耍帅会哼唱《双截棍》，情窦初开的少年，哪一个没有为周杰伦的《七里香》落过泪："把永远爱你写进诗的结尾，你是我唯一想要的了解。"

《2020腾讯娱乐白皮书》中写道："破圈两个字，各种圈从年头喊到年尾，最后一合计，2020年大众最津津乐道的歌手还是那个男人——周杰伦。"

这么多年过去了，当我们聊起周杰伦还是忍不住热泪盈眶。

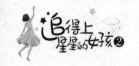

　　那些滂沱大雨的日子，那些和好朋友们打闹嬉笑觉得长得不会告别的日子，我们穿着宽松的校服，坐在黑板下面，青春懵懂。喜欢橘子味的汽水，暗恋隔壁班打篮球的少年，贪恋午后窗外树梢上的蝉鸣，把所有的心事都藏在耳机里单曲循环的那首歌里。一听，就是一整个夏天。

　　"如果真有时光机，我好想穿越回那个夏天，早点和好朋友坐下来畅聊一场。"

　　在这段友情里，花火一直觉得自己是那个被比下去的人，所以她较劲，拧巴，觉得自己处处不如夏鹿。

　　直到高三上学期，学校里举办了一次年级之间的作文大赛，花火提前好久就扎到图书馆里看书，学习作文写作技巧，她心想，一定要在毕业之前漂漂亮亮赢夏鹿一次。

　　好巧不巧那次是命题作文，恰巧主题就是围绕"我最好的朋友"展开来写。不知道为什么，花火在看到题目那一刻莫名想到了夏鹿。她们之间并不是亲密无间无话不谈的那种朋友，不会一起去小卖部，不会结伴上厕所，甚至，两个人每次见面的气氛都有点剑拔弩张……可是，怎么说呢，如果不是遇见夏鹿，花火可能不会像现在这样努力，不会对每一天都充满期待。

　　想到这里，她抛开了所有的技巧，完全跟着自己的心意走，写下了一篇名为《我讨厌的对手，是我最好的朋友》这样一篇作文。

　　那天写完以后花火感觉无比肆意，好像是一场和自我迟到的和解。过了两周，学校里公布作文大赛的排名。

　　花火被同学拉到公告栏前，她看到了自己的名字，赫然排在第一。语文课上老师拿出她的作文当作范文读了出来，虽然花火在作文里，并没有写"夏鹿"的名字，但所有人都知道她故事中的主角是谁，阳光洒进教室，花火的脸微微红，坐在前排的夏鹿回头朝她做了个夸张的鬼脸。那天放学以后，夏鹿跑到她身边说："我们顺路，一起回家吧。"一边说，还一边递给她一只耳机。里面播放的是那一年周杰伦最火的歌曲《不能说的秘密》，两个女孩的影子被夕阳拉得好长……

"你有试过和好朋友一起追星吗？"

花火说，对她和夏鹿来说，追星的意义不只是在黑暗中点亮青春的晦涩，更重要的是，周杰伦的歌就像一条纽带一样，紧紧连接着她们两个人，同时站在时光的两端，令我们更能体会青春里所有经历过的那些爱恨悲喜。

高考以后，花火和夏鹿去了不同的大学，所幸城市离得并不远，都在"江浙沪"包邮区。花火不开心的时候，夏鹿会坐两小时火车去看她。夏鹿过生日的时候，花火会去做兼职，攒下来的钱给好朋友买专辑和漂亮的公主裙。

她们两个人的日常聊天记录里藏着"福尔摩斯密码"，从来不需要问对方"最近过得怎么样"，分享的歌曲，就能代表各自的近况与心情。因为周杰伦，她们找到一套属于她们的相处模式。无论发生什么，只要听到杰伦的歌，就好像对方在陪伴着自己一样。

现在的花火和夏鹿都已参加工作。她们平时的追星方式，比起如今的年轻人是理智甚至"佛系"的，日常并不关心偶像的八卦和生活，只是在周杰伦的巡回演唱会来到附近的城市时，两个人会相约见面，一起去看演唱会。

花火和夏鹿认为，被偶像的歌陪着，走过人生中无数重要的瞬间，这就够了。可能在其他粉丝眼里，这种"佛系粉丝"不称职，但追星的形式有那么多种，何必局限于某一种。你在心底为偶像默默打气，偶像在遥远的地方给你共鸣，也是很美好的呀。

2018年，周杰伦发了新歌《等你下课》。当时恰逢春节假期，

花火和夏鹿都回到了家乡，两个人散步到以前的学校附近时，夏鹿突然说："你知道吗？我当时真的鼓起很大的勇气，才敢和你打招呼。"原来就在十年前的那个傍晚，夏鹿通过花火的作文，得知了对方其实并不讨厌自己，只是不知道如何与好朋友相处以后，她特别开心，因为在她心里，花火是一个特别单纯美好的女孩，但每次自己和她说话都遭到冷眼，她就以为是对方讨厌自己。

那天下午，她站在学校门口，犹豫了好久，不敢去和花火说话，就默默跟在花火身后。最终听到偶像歌里唱的："我知道共同的默契很重要，那骄傲才不会寂寞得很无聊。"这句歌词，给了她莫大的勇气，她才假装蹦蹦跳跳地去和花火打了招呼。

在漫长的青春期里，两个人因为性格迥异曾有的误会，被彻底消除了。花火忍不住说："我真的好幸运啊！有这么好的朋友，这么好的偶像，在我人生没有动力的时候给我加油打气，在我觉得孤独不安的时候有人陪伴，在我对这个世界懵懵懂懂无所适从时，他们用自己的身体力行来告诉我，好好生活，就是最大的意义。"

我们不是那种狂热的粉丝，却都被周杰伦影响着。他并非最完美的偶像，却是将个人风格和性格保护得最好的大男孩。现在很多人可能已经记不清自己在千禧年时的样子，但时代的上空，依然回响着2000年《可爱女人》前奏里的那一声口哨。这个看似不羁、实在温暖善良的男孩从此成为陪伴一代又一代年轻人的存在。

那一年，周杰伦发行了自己首张个人专辑《JAY》，不同于其他流行歌手，他把自己当作"音乐实验家"，一张专辑就融合了R&B、Hip-hop、摇滚以及古典巴洛克，发行以后，可谓突破了市场上现有的一切风格，那是独属于周杰伦自己的音乐概念。

他的歌曲编曲独特，从不在意和关注流行是什么。在一次选秀比赛中，吴宗宪发现了他的才能，和他签约。

　　那个时候周杰伦在工作中有时会被要求"两天之内写好一首歌"，他就闷头扎在录音室里反复研究。前后遭遇过刘德华、张惠妹等歌手退歌，觉得他的创作不符合当时的定位，周杰伦也会感到失落，感到难过，但他并不会怀疑自己。

　　"这也是我从周杰伦身上学到的很大一点，无论外界怎样，从不轻易否定自我，坚定我所选择的，很重要。"火花说。

　　方文山用《千里之外》中一句歌词形容周杰伦："闻泪声入林寻梨花白，却得一行青苔。可能你觉得他外形很流行，或是有一点点那种玩世不恭的样子，可是他对音乐的态度截然不同。"

　　横空出世的周杰伦，最初并未赢得大众青睐。

　　随之而来的是各种抨击他的言论——"吐字不清""风格奇怪"等，由周杰伦引发的争议充斥着整个舆论场，讨厌他的人很多，喜欢他的人也很多，但这个男孩依然我行我素做着自己喜欢的音乐。事实证明，不是运气的偏袒，而是实力精准摸到了时代的脉搏。周杰伦出道的第三年，美国《时代》杂志称他为"新一代亚洲流行天王"。那个内敛的爱戴鸭舌帽的男孩在往后的很多年里，都在为他的天马行空，寻找属于自己的表达方式。

　　他喜欢武打电影，喜欢游戏，喜欢魔术，就把这些都融入自己的音乐作品中去。现在的周杰伦，40多岁了，仿佛还是那个羞涩可爱的大男孩，喜欢喝奶茶，内心住着一位"小公主"。

　　无论是70后、80后，还是90后，甚至现在的00后，喜欢他的人从未间断，甚至"周杰伦"可以成为跨年龄层社交的文化符号。

　　有人会笑"这个人怎么一副长不大的样子"，但在花火和夏鹿的眼里，她们的偶像并非幼稚，而是历经世事仍保有内心的纯粹与透明。从不定义自己的人生，也不怕被别人定义。

　　周杰伦希望所有粉丝都能从偶像身上找到照亮自己人生之路的

光，在自己的天地里闪闪发光。撒贝宁在一档综艺节目中曾说过这样一段话："追星其实不是在追星，是在追你自己。你是在为自己设计着一个你理想中的生活的人设状态，你想成为什么样的人。你最终追来追去，追的是自己的影子。"

我们喜欢周杰伦，正是着迷于他的那份孩子气、无限想象和无拘无束。当我们逐渐告别青春，摘下耳机，夹上公文包，穿着高跟鞋，开始为生活奔走忙碌的时候；当我们的热爱从诗歌书画变成柴米油盐，不再轻易被感动，每天都要伪装成刀枪不入的样子，假装生活很好时；当夜深忽梦少年事，醒来却发现已经是成年人的世界，你是否也会怀念那"为一首歌热泪盈眶"的时光？当我们喜欢的人不再年轻时，我们早已长大。可即便如此又怎样？

"我还是会一如既往支持他，他出唱片，我买来听，他拍电影，我跑去看。就算有一天他不想再做明星了，想安心过好自己的生活，那我就祝他幸福，而我也会过好自己的生活。他闪耀过我的青春，就算他永远都不会认识我，我记得就好。"

我们总是追问追星到底有什么意义。其实不论是"借着他的光芒，看我从未见过的世界"，还是"那个人的出现，教会我好好生活"，对于我们来说，都是一份难忘的礼物。

就像花火和夏鹿那样，机缘巧合下因为周杰伦的歌而结缘，也因为他解开误会，从对手变成知己。这样的故事听起来总是很美好啊！青春若有张不老的脸，我想就是遇见你的那天，风和日丽，一抬头就看到的蔚蓝天空。

最后想以同样喜欢周杰伦的大龄女青年的身份，说一句："你好啊，我就是喜欢你很多很多年的头号粉丝，感谢你，赐予我整段美好的青春。就算手里的荧光棒变成拐杖，我也不会忘记我的青春曾为你疯狂过。"

追星的意义

——一起成长，互相成就

给我一颗星，我能点亮整个青春

——《追得上星星的女孩②》采访实录（粉丝版）

前段时间看到一个特别浪漫的词，叫作"流明"，是英文 lumen 的音译，原是个光学单位，用来形容可以被人眼睛感受到的亮度。

小小的 LED 广告牌可以计算出有多少流明，大大的太阳也可以算，月亮可以算，路灯可以算，我们喜欢的那个人会发光，也可以算。

有些路无法带你去的地方，光可以。

追星的意义顿显，当你仰望星空的同时，在努力成为那个会发光的人。

在写《追得上星星的女孩②》的过程中，我依然去采访了很多追星女孩，她们赤诚、无畏，以及有独立思考能力，很有自己的个性与想法。

通常我们都认为"偶像是光"，但在和她们深度沟通的过程中，我发现真正闪闪发光凝聚成一道道璀璨光束，照亮这个时代的，是这些积极向上的追星女孩啊！

所以在采访实录里，除了聚焦"偶像带给你的积极影响"以外，更在意女孩们的个人成长，愿她们的爱与温暖，带给更多人感动和力量。

以下内容均征得粉丝同意而刊登。

宸玺眼中的易烊千玺：
以披荆斩棘之姿，傲立心喜之领域

Q：你喜欢他多久了，最初喜欢上他是在怎样的契机下？

A：我喜欢易烊千玺四年多了。印象中是2017年过年的时候，空闲时间看综艺，突然发现弟弟们好像长大了，陆陆续续又看了一些节目后，目光就聚焦在了千玺的身上，尤其是看了综艺节目《放开我北鼻》之后，他的那种让人心疼的懂事和担当，让我发现自己真的成了千纸鹤。

Q：如果用三个词来形容自己的偶像，是什么？
A：担当、清醒、专注。

Q：你最喜欢他的什么作品，可以分享一下吗？
A：我最喜欢的千玺的舞蹈作品是《青春》、音乐作品是《你说》和《舒适圈》、影视作品是《少年的你》，当然其他的作品也很喜欢，尤其是他的舞蹈，里面有自小学习的基础结合成长的思想，这种作品有他自己的想法，有他想表达的内容，内涵尤其丰富。

Q：他身上让你觉得非常温暖的地方是什么？
A：最让我觉得温暖的是千玺一直以来的爱心和担当。千玺自出道以来一直默默做慈善，成立慈善基金也不接受粉丝捐赠，只因他觉得粉丝有很大一部分还是学生，年龄都还小。而且千玺的生日会，每一次都会给到会的粉丝准备丰富的礼物包。

Q：你觉得追星这件事给你的生活，带来了哪些不一样？

A：于我而言追星是生活中的调味剂和助力器，它并不会影响我的正常生活。

如果非要说给我的生活带来了什么不一样，应该就是让我原本枯燥的生活，多了一些鲜活的色彩。而且因为追星，我有兴趣去尝试很多不一样的技能和领域，这种非必要的自我能力的提升，更多的时候是为爱发电，但学到了就是自己的。

Q：家人对你追星这件事怎么看？

A：可能因为我追星时间比较长，从初中到现在，追星没有影响我升学就业，所以家人都已经习惯这件事，觉得只要不耽误我自己的生活，有一个爱好也不是什么大事。

Q：关于追星，你觉得自己得到最好的回馈是什么？

A：我觉得通过追星得到的最好的回馈是生活中的快乐。因为追星，我更加积极地参与到线下活动，与人沟通分享志同道合的喜悦，这一切丰富了我的业余生活。因为追星，我在升学就业等有压力的时候，会通过听他的歌，想他说过的话，来进行自我调节。还有就是，因为千玺的努力，他的成绩在同龄人中尤为亮眼，使得我身边很多可能对娱乐圈并不是那么关注的长辈或同辈都知道我有一个非常不错的小偶像，这让我往往会有一种与有荣焉的感觉。

Q：在你眼里，能被称之为"偶像"的人应该具备什么样的素质？

A："偶像"能成为一种社会现象，一定有着它存在的必然性。其实这个词在现如今的社会中渐渐变得狭义，所有让我们向往追求的，有着我们想要学习的品性的人，都可以称之为"偶像"，或者说可以是某一个方向的"偶像"。我觉得"偶像"要具备能让追随者变得更好的闪光点。"偶像"之所以为"偶像"，他就要是一个目标，追随者因为喜欢他，学习他身上的优点也好，不断提高自身能力使自己能够离他更近也好，都是"偶像"应该散发出来的魅力。这种魅力是积极向上的，是正能量的，能让人越来越好的。

Q：在你看来，追星给你带来的意义是什么？

A：我觉得是"陪伴"。千玺作为TFBOYS成员出道的时候才13岁，虽然我并不是一开始就关注他，但仍算是陪着他从未成年长成如今20岁的少年。而我也在这个过程中，从校园走向了社会。追星，是追一种梦和目标，而不是追人，并不是说一定要他认识你是谁或者出现在他的身边，我们隔着一个屏幕，做到彼此相互陪伴成长。在这个过程中，我们都在不断努力，他为了将更好的自己展现给观众，而我为了将来能以最好的自己出现在他的面前，而不断努力充实自己，提升自我，这就是最大的意义。

Q：除了娱乐明星，你还有没有其他偶像，比如作家、社会名人、历史人物，或者身边正能量的朋友？

A：当然有，比如孔子，比如我大学时期的导师班主任。虽然可能不像娱乐明星那样时常挂在嘴边，但他们的精神一直烙印在我的骨血中，他们的言行一直在影响着我的为人处世。

就说我的大学导师，老师致力于专业研究，在上学的时候也一直督促我们养成读书思考的习惯，而且因为专业贴近民生，所以老师经常结合时事热点从小人物或弱势群体出发看待事情的发展。这使我即使毕业多年一直有读了任何内容的资讯，都会从多个角度思

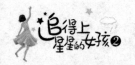

考事情的习惯和多层次的理解。

Q：现在的你，想要成为一个怎样的人？

A：想要成为一个真实的人吧，尤其是喜欢千玺之后的我，更想成为一个真实的自己，勇于去表达自己，学会思考自己想要的人生，更要学会自己为自己做决定。

Q：最后，对十年后的你和十年后的偶像，分别说一句话吧。

A：对十年后的自己：不论现在的你是否还在追星，也不论追逐过的偶像是否还在屏幕上奋斗，都希望你不后悔过往的青春热血，不辜负曾经的昂扬斗志。

对十年后的千玺：时光荏苒，岁月催人，但望你仍持少年心态，以披荆斩棘之姿，傲立心喜之领域。

轻寒眼中的王一博：
你如星似月，仰望便有了意义

Q：你从什么时候开始喜欢他的？为什么会喜欢上他？

A：我觉得粉丝和偶像之间建立起联系真的需要契机，从而激发令人雀跃的喜欢，这种契机无法预料、无法安排，在出其不意的瞬间出现，自己的心弦仿佛被拨动，开始出现奇妙的变化，感觉自己与他有了联系，看他的目光自动加上滤镜，世界都变得可爱起来。

我的这个瞬间在2019年8月3日出现了，刷微博刷到王一博清唱

《年少有为》的视频片段，他的少年音色将苦情歌唱得特别真诚动人，就这样猝不及防被击中，我看见的他突然闪亮起来，开始对他感到好奇，不由自主地去关注他，了解他……结果，被他的性格吸引，被他的真实感动，喜欢他专注做自己的样子，发现这也是自己想要成为的样子。

王一博让我感受到率性少年蓬勃向上的活力和专注热爱追求极致的魅力，也让我看到了各种可能性，就想跟着他往前走，像他那样专注于喜欢的事情，保持赤子之心，万物皆酷，慢慢长大。

Q：如果给自己定义，你觉得自己属于哪种类型的粉丝？

A：我大概属于随机应变型的粉丝，因为王一博是演员/歌手/舞者/主持人/摩托车职业赛车手/滑板爱好者等超级斜杠青年，看他演戏我就成了"角色粉"；看他唱跳我就成了"舞台粉"；看他主持《天天向上》又乖又甜好好学习我就成了"妈妈粉"；看他摩托车比赛我就成了祈愿他平安的"生命粉"；看他开心玩滑板不怕摔不断尝试新动作我就成了"姐姐粉"；看他访谈有话直说出口成梗我就成了想谈天说地的"朋友粉"……总之，我是什么粉，取决于王一博在做什么，酷盖标签多不怕定义，粉丝当然也不拘一格。

在此感谢我的偶像王一博，一人千面，让我拥有了追他像追一个团的超值追星体验，我喜欢的样子他都有，真的太棒了！

Q：因为喜欢他，你自己有了哪些改变？

A：喜欢王一博之前，我刚好处于无欲无求的咸鱼状态，有些东西想不明白就没动力前进，想得明白的东西又觉得没意义，躺平当咸鱼也还好。喜欢王一博之后，就像电量即将耗尽的手机有了充电宝，原地满血复活，被他努力拼搏的样子打动，被他专注热爱的

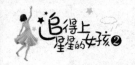

纯粹感染，被他为人处世的通透点醒……发现自己还没有像他那样努力将喜欢的事情做到极致，也没有像他那样去尝试感兴趣的事物，看着不断在挑战自我的王一博，仿佛看着最佳示范，我觉得自己这条咸鱼还能起来蹦跶，那就跟着偶像好好学习天天向上吧！然后，我开始滑滑板，学会第二门外语，挖掘自己的可能性，尝试不同类型的创作，等等。对王一博的喜欢，或者说拥有这种喜欢的心情，就像怀揣宝贝，跟全世界和解，一切开始变得简单，专注于喜欢的事情，感兴趣的就去做，不会的就去学，就算没有天赋，还能收获努力的快乐。

Q：在你眼里，"偶像"应该是怎样的？

A：我觉得"偶像"应该是种"力量"的存在，可以成为他人精神的寄托，也能引导他人前进的方向，还能安抚他人内心的躁动等，就像高挂的明月，只要抬头仰望，便能感受到月色的美好。

Q：你的偶像应该属于"流量"，那你怎么看待这个标签？

A：我觉得"流量"作为标签应该是中性的，关键看如何使用"流量"，王一博说"要让流量配得上正能量"，他积极参与各种公益活动，比如捐款支援抗疫献唱致敬奋战在一线的逆行者、参加韩红爱心百人援滇、加入湖南明星志愿消防队、成为湖南省文明交通形象大使、成为冬奥文化推广使者、成为中国滑板运动推广大使、作为野生救援地球一援公益大使倡导绿色生活方式等，他就是用行动在诠释如何将流量变成正能量。

Q：明星也许永远都不会认识你，那你觉得追星的意义到底是什么？

A：我觉得追星是为了愉悦自己，在望向满天星的时候，因为喜欢，我和某颗星星之间有了联系，那颗星星不同于其他成千上万的星星，让我的仰望有了最浪漫的意义。

Q：关于"偶像正能量"以及"偶像的影响力"，你觉得偶像应该肩负怎样的责任？

A：我觉得偶像在被关注的同时，应该清楚这种关注会带来影响力，如何让这种影响力变成正能量，就是偶像需要思考的问题，也是应该肩负的责任。

偶像和粉丝其实是相互影响相互映射的关系，如果偶像能利用自己的影响力，以身作则成为榜样，引导粉丝去做正确的事，给粉丝带来正能量，粉丝自然也会投偶像所好，做正确的事回应偶像的示范作用，偶像的正能量就会有更大的影响力。

如果偶像和粉丝之间的互动能形成良性循环，互相影响，彼此成就，这样双向奔赴的爱不是很浪漫吗？

**小豆包眼中的丁程鑫：
偶像与粉丝是双向选择**

Q：你喜欢他多久了？是怎么喜欢上他的？

A：喜欢丁程鑫已经5年了，最初是因为在B站上看TF家族练习生的团综，觉得这个小孩子很可爱，慢慢粉上的。

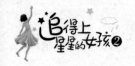

Q：你为偶像做过哪些应援（支持）？

A：我的小偶像丁程鑫是四川资阳安岳县人，在粉丝群曾经跟几位粉丝商量，在他16岁生日的时候为他家乡的小学捐赠一批图书，最后粉丝群里凑到了目标金额顺利捐赠。

Q：你从他身上，学到什么？他的哪些行为举止给你的生活带来正能量？

A：我从他身上学到的更多是保持乐观和作出正确选择吧。

丁程鑫在镜头前也讲述过他的故事，从小父母在重庆打工，他在四川山沟沟里留守，冬天上课时风会顺着教室的门框灌进去。他10岁前是在山里自由疯长的，会去捉萤火虫，到田地里放炮，去河流里逮鱼，10岁后被父母带到重庆读书，11岁时碰上时代峰峻公司的星探去小学里挖掘练习生，因为长得好看意外入选了。公司会提供免费的声乐培训和练习生补贴，这也是他一直待在公司的原因。

他在讲述自己的故事的时候很乐观，比如会告诉粉丝"河里的小鱼多好抓""家里的院子有块地方可以烤肉""抓鸡的时候一定要逮住它的翅膀""树林里的萤火虫特别好看"，我听着会不由自主地开心起来。我不太喜欢偶像卖惨和强调"我只有你们了"这种叙述方式，觉得这是对粉丝的精神控制，情绪是会感染和蔓延的，传递快乐才是偶像的本职。

还有一点就是丁程鑫真的很孝顺，虽然孝顺在当下是个不太时髦的词汇，经常跟"老实""普通""中年"等词汇相关联，但是我觉得这个品质依旧可以打动我。他的父母早期在重庆打零工，后来母亲生病在家休息，父亲外出跑物流，丁程鑫在讲起妈妈的时候会很心疼"妈妈的眼睛不太好"，会鼓励"妈妈多出去走走"，甚至他在被问到"为什么会选择做偶像"的时候，给出的答案也很朴实——"因为想赚钱，想给家人更好的生活"。这跟我的想法也很相似吧，希望家人能够更加开心，或者是想要凭借自己的努力给他们更好的物质生活。

Q：如果有一天你可以见到他，你最想对他说什么？

A：可能没啥好说的，我觉得我和他都是很务实的人，不会因为陌生人的几句话而改变自己的目标和计划，我也许顶多会说上几句"辛苦了，希望你继续努力"或者是"对自己要求高没有错，想要赚钱，演技还是要好好磨炼的"，再或者是"粉丝比你想象中更爱你，也希望你继续爱自己"。

Q：外界给予"追星女孩"的一些不太好的评价，你怎么看？

A：我一开始是蛮气愤的，觉得自己被简单粗暴地打上了属性标签，后来就慢慢习惯了，因为在互联网上难以避免被打标签，而且分歧和误解更是常见。

Q：你怎么平衡生活与追星？

A：追星没有给我的生活造成多大的障碍，追星是我的娱乐方式，工作的时候工作，生活的时候生活，娱乐的时候追星，我觉得追星跟看球赛、打游戏、外出旅游等娱乐方式没有什么区别。

Q：怎么看待你与偶像的关系？

A：我觉得粉丝与偶像的关系可能是双向寄生吧，肯定到不了双向的爱的程度，我喜欢偶像，就是单纯钦慕他的美貌，喜欢他在镜头前活泼的样子，追逐他在舞台上的表演；偶像对粉丝，也是希望能够得到粉丝的支持，实现他们的梦想。

Q：对你来说，偶像是什么样的存在？

A：对我来说，偶像象征意义大于实际意义，追星活动更多是我调剂心情的重要工具。当我因为工作厌烦和感觉伤心的时候，可以从追星世界寻求安慰和快乐。

Q：你觉得追星的意义是什么？应该如何理智追星？

A：我觉得追星的意义就是让自己更加开心，可以去旁观偶像的成长轨迹，收获精神上的满足感。如果理智追星的话，我建议少去掺和粉圈的杂事。如果过度深入的话，很容易让人迷失。

呆呆眼中的白敬亭：
用真心与实力换来信任和欣赏

Q：最初为什么会注意到他？

A：最初注意到他是因为网剧《匆匆那年》，那会儿只是路人粉，觉得这个大男孩演技很自然，而且他和我是同一所大学毕业的，算是未曾谋面的学弟（暴露年纪了），所以对他多了些关注。真正被圈粉是因为《明星大侦探》，他在节目里表现出来的低调与认真让我很欣赏，从此开始关注他的一切。

Q：在追星的过程中，你有做过什么疯狂的事吗？

A：我算是那种很冷静的粉丝，最疯狂的事就是采访了他！嘿嘿，利用工作之便完成了与偶像的会面（不要羡慕我哦）！

Q：那"粉丝身份和采访者身份"，两者有什么不一样的感受吗？

A：粉丝身份更肆无忌惮，可以在脑子里脑补很多……作为采访者，在现场要保持专业性，要对自己的采访工作负责，提问和采访都比较正式。不过能更近距离地接触偶像，也算比粉丝多了一点福利吧。

Q：他身上的什么特质最吸引你？

A：他的性格和对工作的认真，是最吸引我的。我比较欣赏他的低调冷静和骨子里的幽默，也是个隐藏的段子手。他对自身的定位很准确，知道自己身为演员应该做什么，应该追求什么，稳扎稳打，拍每部戏之前都会提前做准备，做每件事都秉持认真负责的态度，这很难得。

Q：你怎么看待明星"人设"这个问题？

A：明星存在人设，是经常被提及的问题。身为粉丝，我肯定是不认可这种现象的。粉丝迷上的是一个被包装出来的假的人设，一旦被曝光，对粉丝是个很大的打击，也是一种欺骗。陷入虚假中的迷恋，是不会长久的。无论什么行业，都应该用真心与实力换取信任和欣赏。

Q：你给你偶像的业务能力打几分？如果可以改进，你希望他哪些地方可以更好？

A：8.5分（满分10分），我是不是和小白一样冷静？哈哈！我

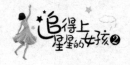

知道他很热爱演员这个职业，也努力演绎各种类型的角色。希望他在未来能遇到特别适合他的剧本和角色，让我们看到更加多样化的他。

Q：最后，有什么话想对你的偶像说？

A：小白，愿你保持初心，一路向前。希望未来能看到你更多的作品和好成绩，我们白鸽会一直陪伴在你身边，与你共同生长。

小树眼中的朴树：
永远少年，干净如初

Q：你喜欢他多久了，最初喜欢上他是在怎样的契机下？

A：从2000年开始喜欢朴树，21年了。最初在电视上看见他在唱歌，应该是2000年春晚，他站在台上一动不动地唱《白桦林》，当时觉得这个唱歌的少年是那么安静，歌声又是那么干净，从此就爱上了他的歌。

Q：如果用三个词来形容自己的偶像，是什么？

A：纯粹、真实、灵魂歌者。

Q：他身上哪些特质吸引了你？ 你最喜欢他的什么作品，可以分享一下吗？

A：朴树吸引我的是他骨子里对音乐、对人生的那份纯真，无论多大年纪，他始终没变，还是最初的那个少年。他的歌我都很喜欢，一定要选出一首的话，大概是《那些花儿》，因为这首歌陪伴了我的整个青春，每当哼唱这熟悉的旋律，就会想起那些已散落在天涯的老朋友。

Q：追星以前和追星以后，自己的心态有什么转变？

A：看待事物的心态变得更质朴和纯粹，因为朴树就是这样的人，追随他这么多年，慢慢也会被感染。追星带给我最好的回馈就是让我在生活中变得更加质朴、自然、淡定，独处时也不会感到孤单，总有一首歌可以治愈生活。

Q：他做过哪些让你觉得非常温暖、感触很深的事情？

A：让我印象很深的是去看他的演唱会。朴树是个话很少的人，在采访中都是惜字如金，但在演唱会现场，为了与赴约的歌迷们互动，他很努力地在台上多说话，说得语无伦次、絮絮叨叨，最后实在说不下去，以"还是唱歌吧"结束。那一刻，深深地感受到他的真诚与认真。

Q：为了追星做过什么"疯狂的小事"吗？

A：说到"疯狂的小事"，大概是高考时报考了首都师范大学，朴树曾在这里就读两年，想去感受下他读书的地方，所以努力考到了这里，这算是一件励志的小事吧（笑）！

Q：你追星最开始认识的那些人现在还陪着你吗？

A：没有了。最早追星是在初中，那时我和班里最好的闺蜜一起追朴树，攒钱买他的专辑，课间就坐在一起听他的歌。这么多年

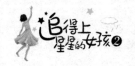

过去，当年的闺蜜早已为人母，不过每次听到朴树的歌，还是会想起年少一起听歌的日子。

Q：除了娱乐明星，你还有没有其他偶像，比如作家、社会名人、历史人物，或者身边正能量的朋友？也可以分享一下。

A：我很喜欢作家张爱玲，上学的时候几乎读遍了她的作品。读她的文字，仿佛能感受到一种华丽之下的悲凉，一如孤傲清冷的白月光直入人心。还记得我大学毕业时，就是凭一篇张爱玲的书评通过笔试，拿到了人生中的第一份工作，想来这里面亦有她的一份功劳。

Q：在你看来，追星的意义是什么？

A：追星的意义在于找到一个心灵的港湾和一种寄托吧，当我们感到迷茫或孤单无助时，一想到世上还有这样一个人，在用某种看不见的力量引导着自己，就会对前路充满信心。

Q：青春就是一树一树的花开，人生就是一段又一段的旅程，假设在未来的某天，你发现自己不再如少年时这般赤诚炙热，甚至不再"追星"，再回头看这段经历时你希望是以一种什么样的态度？

A：过往皆经历，即使我不再那般赤诚地追星，但每每回想起那些追逐的时光，还是会心怀感激和欢喜，感激带给我无数美好和能量的偶像，也感激那个曾倾尽心意去追逐的自己。

隋傲眼中的胡歌：
愿你如初，无悔梦归处

Q：你喜欢的人叫什么？喜欢他多久了？

A：喜欢胡歌15年了，因为《仙剑》。

Q：如果用三个词来形容自己的偶像，是什么？

A：儒雅、平静、沉淀。

Q：有没有问过自己，他身上哪些特质吸引了你？

A：他身上的气质想用金庸先生赠予他的16个字来形容：度过大难，将有大成，继续努力，终成大器。

Q：说说他最打动你的地方。

A：想做事先学做人，这不是人设而是他自身的感染力。

Q：如果可以见到自己喜欢的人，会说什么？

A：如果见到会对他说"别来无恙"吧。（笑）

Q：如果有一项特殊技能可以"穿越"成为偶像的同学或同事，有机会和偶像近距离相处一天，你会希望是怎样的相处模式？

A：陪伴就好了，不张扬，让他过好普通人的一天，表示尊重。

Q：现在的你，想要成为一个怎样的人？

A：待人以诚，用未来的眼光审视现在的自己，优于过去的自己。

小草眼中的安胜浩：
H.O.T，青春的盛大回忆

Q：你喜欢你的偶像多久了，最初喜欢上他们是在怎样的契机下？

A：认识我的人都知道，我是一个在追星这件事情上不专一，但是很长情的人。喜欢的人还挺多的。目前为止最喜欢的应该是H.O.T里的安胜浩吧。喜欢安胜浩大概是从1998年开始到现在。是因为当时表姐喜欢，天天给我推荐，我就慢慢地也喜欢上了。

Q：如果用三个词来形容自己的偶像，是什么？
A：谦逊、善良、温暖。

Q：和大家分享一下，这个人身上让你喜欢的地方或者做过的让你觉得非常温暖、感触很深的事情，说说他最打动你的地方。

A：因为非常多，一时间不知道该从哪里说起。他是那种从骨子里就非常温暖善良的人。感触最深的就是第一次见安胜浩。

在20多年前，还在上小学、初中的我从来不敢想象自己有一天会去首尔见他。尤其是在2001年H.O.T分开之后，感觉就更加遥远了。但是只要活得久，都有可能！2017年后他们又回来了，那场演唱会上，我隔着两三米看着他们，幸福到窒息。

2018年圣诞节，和朋友去了他创办的舞蹈学校打卡，心里还想着"不会这么巧，怎么可能那么容易见到"，然后他就走出来了，我当时整个人都是慌的。学了那么久的韩语一句都说不出口，眼巴巴地看着其他粉丝和他拍合照。然后他从我面前走过下楼梯，我终于憋出了一句"欧巴，我是中国来的"，当时他已经下了几级台阶，突然停下来转过身向我伸出了手。我愣了有两秒，才敢去握他的手。当时的大脑是空白的，只记得他的手特别暖。然后我就把这段偶遇的经历写了下来发在了SNS上，结果第二天，我被微信吵醒，朋友全在喊我赶紧去看SNS，我才发现，他给我点了赞，那是我收到的最棒的圣诞礼物。

虽然不是多么特别的故事，但是于我而言，真的是实现了20多年的一个"奢望"。

Q：为了追星做过什么"疯狂的小事"吗？

A：做韩语视频的中文翻译，算是比较疯狂的了。做过的人才会懂其中的点吧，因为要会翻译，会做时间轴……我又是一个有强迫症的人，一些视频我会做精效，保证字幕颜色、样式、动效都和原视频一样。这是一件看起来简单，但是特别复杂以及考验耐心的事情，但是即使烦躁也能坚持下来做两三年，耗时、费心也没有"工资"，就还挺疯狂的吧。

Q：你觉得追星这件事有给你的生活，带来哪些不一样吗？如果可以见到自己喜欢的人，会说什么？

A：追星让我有一个比较独特的社交圈子，各行各业的人因为同一个偶像有了交集。也会在日常工作或者生活中偶然间发现，原

来合作伙伴或者很早就认识的人和你喜欢同一个偶像从而亲切感倍增。于我而言，已经见了很多次安胜浩，是可以跟他开开玩笑的程度了，所以不会为了见他再去特意准备说什么话。

Q：你追星最开始认识的那些人现在还陪着你吗？

A：是的。有些人可能在H.O.T分开以后渐渐地失去了联系，但老哥哥们回来以后，也与一些朋友找回了联系。这种感觉就像无论是哥哥们还是我们，都不曾分开一样，我们会因为一些和他们相关的纪念日而聚餐，平时也会在群里聊天。

Q：现在有很多人会困惑偶像这个词所衍生出的种种社会现象，比如关于"偶像的标准"，好像每个人的理解都不一样。在你眼里，能被称之为"偶像"的人应该具备什么样的素质？

A：每个人的标准和审美都不一样。不管业务能力谁强谁弱，首先是人品，其次才是艺。业务能力再强，人品不端，也不会有人视其为偶像的。从职业角度来看，如果业务水平不行也会很快被市场淘汰。偶像、明星为什么会受到追捧？是因为在他的身上投射了粉丝的期望。如果自身不够努力，停滞不前，粉丝也会"爬墙"，最终过气。包括我自己带过的艺人和练习生，我可以接受你没经验，可以接受你天资不高，可以接受你什么都不会，但我不能接受你不努力。

Q：关于追星，你觉得自己得到最好的回馈是什么？

A：变成更好的自己。如果不是追星，我不会去学一门语言，不会去学Pr、Aegisub，不会去学摄影，不会去学后期等，甚至如果不是因为追星，可能我都不会做现在这个行业。

Q：在你看来，追星给你带来的意义是什么？

A：动力。比如前面说到的，因为偶像，我学到更多的技能，变得更优秀。或者浅显一点，为了看演出、买专辑而努力工作挣钱，哈哈哈，再比如减肥等，各种层面上都是动力。

Q：除了娱乐明星，你还有没有其他偶像，比如作家、社会名人、历史人物，或者身边正能量的朋友？

A：身边还是有蛮多因为追星而考上名校或者留学的朋友的。

其实偶像是无处不在的，可能每个人在年幼时会把父母当作偶像，觉得父亲是世界上最英勇可靠的人，母亲是最温暖善良的人。也可能是见义勇为的陌生人，乐于奉献的消防员、警察等，虽然可能他做的事情不是多么惊天动地，但可能某一个小小的行为动作也会触动你，让你产生敬佩和崇拜。

Q：现在的你，想要成为一个怎样的人？

A：不会停下脚步的人。无论工作还是生活，不会原地踏步，永远向前奔跑的人。

宋林铭眼中的张弦：
她的音乐，打破女性刻板印象

Q：你喜欢你的偶像多久了？

A：我喜欢的人叫张弦，快20年了，从14岁偶然在电视上看到

央视对她的采访开始喜欢。

Q：如果用三个词来形容自己的偶像，是什么？

A：卓越、勤奋、低调。

Q：有没有问过自己，她身上哪些特质吸引了你？

A：在我对成为一个什么样的自己还没有定义的时候，看到一个非常卓越，勤奋又非常低调的她，一下子就在心里点亮了我。喜欢她指挥的贝九，以及《俄罗斯之夜》系列，老柴和老拉的一些作品，超越社会对于女性的传统定义，具有强大的能量。

Q：说说她最打动你的地方。

A：她是中央音乐学院培养的最优秀的一批艺术家之一，很早一个人去美国，在指挥界女性几乎是没有位置的，前段时间上演了一部电影《指挥家》，感兴趣的话，大家可以去看一下，加上作为一个中国人，又是女性，能够成为第一个指挥纽约爱乐的华裔女指挥，第一个指挥德累斯顿国家歌剧院管弦乐团的女指挥，意大利交响乐团史上首位女性音乐总监，是相当难的事情，可能不学古典乐的人意识不到。

我是6岁开始学钢琴的，14岁的时候在纠结要不要走专业道路，而且我本身是很喜欢指挥的，看到她娇小的身躯，齐耳短发，站在欧洲顶级殿堂时，我觉得我瞬间就被点亮了。

Q：为了追星做过什么"疯狂的小事"吗？

A：她是以第一名进入中央音乐学院读书的，我也做到了。

Q：你觉得追星这件事给你的生活带来了哪些不一样？

A：2018年底她回国在国家大剧院开音乐会，还回了母校开座谈会，我见到她，还跟她一起在学院的座谈会上聊起这段童年经历，我很感谢她。

Q：通过你的偶像，你有没有认识或者接触到自己从未涉及的领域或者知识面？

A：我自己是弹钢琴出身，我不太喜欢往台前站，喜欢在后面做事，所以最终选择了音乐理论和音乐教育的方向，但也因为偶像的原因，尝试过学习指挥，以及在摇滚乐队里担任主唱之类站在台前的角色。往前站，让自己更自信吧。

Q：在你看来，追星给你带来的意义是什么？

A：方向感。

jo 喜欢的张震：
岁月沉淀下来的温柔与力量

Q：喜欢他多久了，最初喜欢上他是在怎样的契机下？

A：我喜欢的人是张震，我叫他珍珍，第一次看他的电影应该是在2013年，那时候我还在上初中。初中的我是墨镜王电影狂热爱好者，一部部补他拍的片子，《重庆森林》《堕落天使》《花样年华》……帅哥也蛮多的，金城武混血大帅哥、梁朝伟深情大帅哥，

但我都没那种"被击中"的感觉。直到看到《春光乍泄》里张震饰演的小张，我破功了，就一直喜欢到现在。

Q：他身上哪些特质吸引了你？你最喜欢他的什么作品？

A：最吸引我的是张震身上的少年感，这点很难得（前提是他现在45岁了）。影视作品的话，我想推荐《赤道》，这部作品里的张震帅得很有味道。

Q：和大家分享一下，这个人身上让你喜欢的地方或者做过的让你觉得非常温暖、感触很深的事情，说说他最打动你的地方。

A：有有有！首先就是张震非常非常非常敬业。这点太重要了！毕竟我是"事业粉"。张震为了拍《一代宗师》苦练三年八极拳，因为学得太好还被送去参加比赛，关键他最后还拿奖了！气不气！就问你气不气！有些人不仅长得帅，打拳打得也比你好（荡漾）。

Q：你觉得追星这件事有给你的生活，带来哪些不一样吗？如果可以见到自己喜欢的人，会说什么？

A：适当的追星会给我带来快乐，也给了我一种社交新技能。两个陌生人坐在一起，偶然看到对方的手机壁纸是自己爱的人，就多了一份秘而不宣的默契。（虽然我遇到这种情况的概率比较小就是了。）

如果能见到张震，可能会问问他女儿的近况吧哈哈哈哈，我对他女儿蛮感兴趣的。想知道自己偶像女儿的近况，我是不是追星族中一朵闪闪发光的奇葩。

Q：家人对你追星这件事怎么看？

A：我爸妈都知道我痴迷张震，哈哈，他们还挺惊讶的，同年龄段的小姑娘都喜欢小鲜肉，我天天抱着一个胡子拉碴的中年男人的照片（对不起，珍珍），不过他们不会干涉我，毕竟他们也算是张震的"路人粉"啦！

Q：在你眼里，什么样的人可以被称之为"偶像"？

A：我觉得偶像首先要业务能力强，要敬业，帅不帅倒是其次了。现在的偶像备受诟病就是因为"德不配位"，唱歌全靠假唱，跳舞只能拉远景，一边划水一边拿巨额演出费，这种现象肯定是不健康、不正常的。

Q：在你看来，追星给你带来的意义是什么？

A：得到短暂的喘息和放松，以更好地应对生活。

Q：最后，对十年后的你和十年后的偶像，分别说一句话吧。

A：对自己："你正在做的是很了不起的事，我真的为你骄傲。"

对张震："诸事顺利，事事顺心。"

别慌张，我们终将抵达梦想彼岸
——《追得上星星的女孩②》采访实录（明星版）

这世间万千璀璨繁星，原本并无太多不同，却因为我喜欢的那一颗与我遥遥相望，从此夜空于我，意义非凡。

写《追得上星星的女孩②》的时候，比起第一季，我审视偶像与粉丝之间的关系，更为谨慎和多元，我发现在这个时代里，很多人会对自己不了解的人和事先入为主贴上许多标签。以下内容，是我和责编绿茶在《意林·小淑女》杂志上的明星采访记录。

在重新梳理的过程中我发现，其中最早的采访是在2013年，八年过去了，我们喜欢的人还在为自己的梦想而努力，我们又有什么懈怠的理由呢？

人不该只相信自己眼睛所看到的，还要穿越眼前的纷乱，抵达彼此灵魂深处。

希望大家在看这本书的过程中，可以跳脱社交媒体上的种种印象，只把他们当作"普通年轻人"来一起对话，聊聊天。共同探讨关于爱和成长的话题。

（注：以下明星采访对话顺序不分先后，部分内容为刊登版采访花絮。）

易烊千玺：每一次对话，都能见证他的成长

其实关注我们久了，会发现，这么多年来，我们采访过易烊千玺好几次，似乎每一次站在面前的他都是崭新的自己。

如同他的作品一样，热血街舞，炸裂演技，不同时期的千玺带来不同的惊喜。

在这里我们选取了两段不同时期的采访，可以看出，不断累积变化的是少年实力，从未改变的是他的赤子之心。

注：以下采访对话分别摘录自——

2019.02上《易烊千玺：每一束微光，都有力量》

2017.01下《易烊千玺：用汗水浇灌梦想的小王子》

采访1

Q：说起来，你也算是一位陪伴读者一起长大的偶像。18岁的你，对自己有怎样的期待呢？

千玺：我对自己的期待就是成为一个对他人、对社会有贡献、有担当的人。

Q：那你觉得，作为偶像，该怎样身体力行地去影响粉丝们呢？

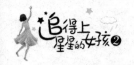

千玺：偶像和粉丝是并肩奋斗的伙伴，虽然不是时刻在身边，但心底的陪伴常在。作为偶像，聚焦了多少目光，就意味着要承担多重的责任，所以，我会继续努力做好自己。

Q：你的粉丝们一直很热心公益，你怎么看待粉丝在你的影响下自发做公益的行为？

千玺：真的很谢谢我的粉丝们，他们很棒。我觉得，偶像的公益影响力主要是号召和带领，所以也想借这次采访，带动更多想做公益的人，一起为公益慈善事业努力。

Q：公益和你的演艺事业有什么不同吗？比如唱歌。

千玺：公益提供了另一种看世界的维度，与唱歌时所表达的自我不同，这是一种美好的成全。

Q：艺人是个极其要求自律的职业，而年轻人恰恰处于好奇心膨胀的阶段，你是怎么来平衡这两种状态的？

千玺：我很喜欢尝试各种新鲜事物，好奇心很强，但自律是因为有一种责任感在，很多事情，我想竭尽全力做到最好，这并不冲突。

采访2

Q：射手座的最大特征就是"爱自由"，面对娱乐圈快节奏的生活，你会通过什么方式来舒缓自己的压力，从而达到"自由"的状态呢？

千玺：我觉得自由更大程度上不是指身体上的为所欲为，而是心灵上的不受束缚。在成长的过程中，肩负责任变得有担当，可以为自己的行为负责，不再依赖他人独立思考，我觉得这才是真正意义上的自由。幸运的是我觉得自己正在向这样的自由努力着。（这段是2017年采访时他的回答，回头来看，依然觉得这段话太有他个人思考和深度了。）

荣梓杉：少年当自强

作为00后的演技担当，从他身上可以感受到新一代年轻人，是清醒的、新奇的、有探索欲的，对于未来有着明确的自我认知。除了天赋，更需努力。

注：以下采访对话摘录自2020.08下《荣梓杉：努力在前，天赋在后》

Q：出演"朱朝阳"这个角色，除了天赋，肯定也付出了百倍的努力吧？

荣梓杉：对，演绎好一个角色还是得下苦功夫，仅仅依靠天赋是不够的。10岁的时候要拍一部电视剧，却因为各种状况没有用我，当时很失落……之后每一个角色我都很认真、很努力，就是为了证明自己，我可以！

Q：通过表演，收获了哪些？

荣梓杉：最开始拍《山河故人》，贾樟柯导演把我带进了电影圈，更多人认识了我，之后就开始了演艺生涯。我觉得普通人只能

体验自己的一生，而演员可以通过演戏去体验不同的人生。可以丰富自己，可以让自己了解到更多东西。

Q：你如何平衡演戏和学习？

荣梓杉：平时在剧组拍戏，空场、换镜头、转场的时候，我就会学习，我妈也会辅导我、监督我写作业。拍完之后，我妈会请家教单独辅导我，不能把学习落下。

Q：你希望自己成长为一个怎样的大人？

荣梓杉：希望自己将来成长为一个帅气逼人、颜值与实力并存的大人，哈哈哈。

丁程鑫：拥抱生命中每一束光

"我曾在人山人海的星河里为你呐喊，我最美好的岁月都与你相关。"

在写这本书的过程中，在网上遇到不少喜欢丁程鑫的粉丝，其中有一个小女孩谈到自己的追星观点时分享道：我们之所以喜欢一个人，是因为值得，你的偶像是需要自己努力变得更好，而不是靠你去喜欢他变得更好，而你也一样。

我们每个人都要为自己的成长付出足够多的努力，试着去拥抱生命中每一束光，让爱与温暖点亮我们的青春之路。

注：以下采访对话摘录自2017.10上《丁程鑫：真心不负，

追梦如初》

Q：从2013年正式加入TF家族成为练习生，到现在，你最大的收获是什么？

丁程鑫：我觉得我最大的收获就是从不同的人那里获得了力量。其实我就是个很普通的学生，但是从加入TF家族成为练习生开始，就得到了一些关注，所以经常会看到或听到外界对我的一些评价。不管是温柔地给我建议的人，还是清楚地指出我不足的人，都是爱我的人。所以，每次当我有点灰心的时候，他们的话就会变成力量，继续支撑我。

Q：在实现梦想的过程中，某一刻产生过挫败感吧？有没有某一刻怀疑过自己不适合走这条路？最终又是怎样坚持过来的？

丁程鑫：其实我也曾对自己产生过怀疑。因为我以前不太擅长唱歌，有一段时间就特别迷茫，觉得自己做不好，很想逃避。我周围的工作人员和老师也很着急，他们担心我以后没自信，而且不能一直逃避这个问题。所以后来我们就想了一个办法，我把我练习唱歌的视频直接发出来给粉丝看。粉丝其实很直接，他们会告诉你哪里不好，但是更多的人会说"加油"。我看到那些话很开心，心态就有了改变。到现在我还经常在公司大声唱歌，哈哈。幸好没有逃避问题！

Q：年纪比较小的你会通过什么方式来舒缓自己的压力？

丁程鑫：我很少有心情不好的时候，如果说放松心情的话那肯定还是打篮球（笑）哈哈，只要痛痛快快地打一场比赛就会很开心。

何洛洛：爱笑的人运气不会太差

采访何洛洛的时候印象最深刻的是，他真的好爱笑啊！给人以山间清泉一样的澄澈感，他的乐观与单纯，或许就是大家喜欢他的原因吧。

注：以下采访对话摘录自2019.06上《何洛洛：有人寻盔甲，我捍护软肋》

Q：你好像一直很乐观，也很喜欢笑，常常用笑容感染别人，是有什么"正能量秘籍"吗？

何洛洛：哈哈哈，都说爱笑的人运气不会太差，这就是我的"秘籍"啦！其实我觉得不管做什么，心态很重要，让自己有一个正向的心态，不论工作还是学习都会更顺利。

Q：那你更希望自己保持怎样一种状态呢？给自己定下过什么目标？

何洛洛：我希望自己面对所有事情都乐观、单纯一点儿，不要想太多。目标的话，我想当一个有演技的演员，然后能和朋友们一直开开心心地在一起。

Q：日常训练强度那么大，你还要兼顾学业，有压力吗？

何洛洛：压力总会有的，但这是我喜欢的事情，为自己的喜欢而努力，并不觉得辛苦。心情不好的话，我一般会默默藏在心里，不会跟太多人说。

Q：最想对自己说什么？

何洛洛：我想对自己说，做事情要三思而后行，坚定自己的决定，看事情要简单一些，做好自己！

Q：给有梦想的读者们一些建议吧。

何洛洛：实现梦想的路上，一定会遇到很多艰难险阻，但是为了梦想，必须努力前行！希望所有正在拼搏的读者不要轻言放弃，累的时候，想着"再努力一下"，一定会离成功越来越近的，加油！

范丞丞：先独立，再长大

每个人在成长道路上，只有先独立，才能真正长大。

范丞丞其实和大家印象中"很不一样"，他异常懂事、温柔，会为他人着想。

注：以下采访对话摘录自2019.01上《范丞丞：内心温柔的人，最强大》

Q：感觉你并不是娇生惯养的孩子，反而很独立？

范丞丞：我觉得这种独立是被留学、当练习生的经历培养出来的吧。一个人在外面，很多事情都要独自面对，所以抗压能力会逐渐变强，对很多事情也不会再去斤斤计较。

Q：作为影响一代青少年的励志偶像，你觉得偶像应该在哪些方面做表率？

范丞丞：首先要有正能量，然后应该有爱、善良、努力、真诚……我觉得，这不仅仅是一个偶像应该具备的素质，也是每个人都应该具备的吧。现在我可以用自己的行动和力量去影响更多的人了，挺有成就感的。

Q：你总是一副乐观开朗的样子，有没有觉得压力很大，或者很"丧"的时候吗？

范丞丞：还好吧，主要是现在这条路是我喜欢的。我觉得喜欢是一切的动力，所有困难，咬咬牙就过去了。

Q：红了之后，有没有刻意让自己保持某种状态？比如说，时常忙里偷闲，或者始终全力以赴？

范丞丞：没有刻意保持什么状态，我出道前后的状态好像差不多，虽然因为有太多东西需要学，出道后更繁忙了，学习和练习都不能放松。其实，所有事情尽全力做到最好就可以了，我更需要保持的，应该是我的体重，哈哈。

李玟：偶像的基本素质是"自律"

一个人能火一时，靠的可能是机遇。

一个人能在时间的答案中，收获口碑与人气，靠的是自身强大的人格魅力。

李现就是因为拥有强大的自律，以及对于演员本身的不断探索，才能在纷繁变幻的娱乐圈，让喜欢他的人一直爱他。

注：以下采访对话摘录自2017.12下《李现：最好的就是现在》

Q：演"小河神"郭得友这个角色之前，做过什么准备工作吗？

李现：我平时就有游泳的习惯，演郭得友这个角色之前，我专门跑到游泳池一个月，做了一些系统的训练，包括自由潜、扎猛子之类的。当时还坚持健身了两个月，让自己的身形和线条更符合一个捞尸队队长的状态。

Q：除了演技，你能够"腹肌指路"的好身材也为你圈粉无数，你本身就喜欢健身吗？

李现：这一年为了《河神》，还有另一部作品《南方有乔木》，我一直保持着高强度的健身，在吃和睡方面都很注意，少糖、油，大多数吃的是沙拉、鸡胸肉这些东西，鸡蛋吃掉了好几千个，就这样坚持了一年。

Q：健身是一件很辛苦的事情吧？

李现：健身是全方位的事情，但想到要给观众呈现出角色最好的一面，就能忍耐下去。

Q：《河神》里有许多水下戏，据说你拍完这部戏后就考取了AOW潜水证？是因为这部戏爱上了潜水吗？

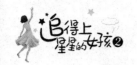

李现：对啊，因为这部戏喜欢上了潜水，就去考了潜水证。我记得开机第一天，拍戏拍了14个小时，体力达到了极限，第二天都没办法下水。之后我们改变了在水下的拍摄时间和工作方案，基本保持在每天10个小时左右，我就慢慢适应了节奏，并爱上了潜水。

杨洋：年轻就是要不留遗憾

前段时间在微博上看到杨洋的最新古装路透照。照片上的他，翩翩如玉，少年依旧，只是眼神中多了一份潇洒与坦然。

娱乐圈里长得好看的人有很多，但拥有一身如此干净气质的标杆偶像，总是能叫人第一时间，联想到杨洋。

注：以下采访对话摘录自2015.12下《杨洋：正青春，没有什么不可能》

Q：早在之前的真人秀节目中，大家就发现你很擅长照顾同伴，这种良好的修养是源自父母的教育吗？

杨洋：我们家对孩子的教育是比较严格的，从小爸妈就很注重我的教养，不会惯着我，更多的是教导我去尊重和照顾身边的人。所以你看，其实在我很逗的一面外，也有比较暖心的时候。

Q：出道这些年里，有没有遭遇过灰心丧气，甚至想要放弃的困难处境呢？

杨洋：这么多年，低落灰心的时候肯定是有的，但从来没想过放弃。既然决定走这条路，就必须好好走下去，而且那么多成功的前辈都是经历了多年蛰伏，才有现在的光鲜亮丽，我又怕什么呢？

Q：能看出来，你有一颗坚毅的心，这是否和你的"军人出身"有很大关系？

杨洋：肯定是有很大关系的，小时候接受的教育会影响人的一生。上学时总觉得老师太严格，但是现在真的很感激那种军事化教育，我的青春里有一半就是在军校度过的，那是非常珍贵的经历，值得我一生收藏。

Q：学生时代有没有什么遗憾？

杨洋：要说遗憾倒蛮多的。比如没穿过丑到要命的校服啊，没有为了高考彻夜不眠地复习过等等，很多人都觉得是高中生活中最普通的回忆，我却没有体验过，有些遗憾。

Q：你是怎样理解青春的意义？

杨洋：我觉得，青春就是要尽力，要不留遗憾，要努力把这个阶段自己预期的目标都实现。始终忠于自己的选择并为之前进，不忘初心，这就是青春的意义。

吴磊：吾家少年养成记

作为童星出道，许多人对吴磊的爱，大概是一种陪伴式关怀。

时间过得飞快，从"小豆包"成长为高大俊朗的大男孩，吴磊的变化不只是外形，还有演技的提升，以及逐渐变成一个更有担当的大人。

注：以下采访对话摘录自2015.10上《吴磊：梦想强大，才能所向披靡》

Q：在节目《好好学吧》中，你这个学霸队长每一次的"机智回答"，都让小伙伴们惊呆了。你的知识储备平常是怎么积累的？

吴磊：学霸的称号真的不敢当，其实归根到底还是平时多看书多学习的累积，加上演绎不同的角色参与了不同的人生经历，这是个人知识经验的主要来源。

Q：都说你"从小帅到大"，这么帅的男孩在校园里也会有很多女同学追随吧？

吴磊：从小帅到大？我没这么觉得耶。外貌是父母给的，只能说我很幸运。说没人追，大家会不信对吧？女生追还是会害羞，困扰倒不会，不过现在也没时间考虑这些事情。

Q：作为一名三岁就出道的小明星，穿梭在各个角色中游刃有余，和演绎过的哪个角色最相像？为什么？

吴磊：对演员的要求就是演什么要像什么。我从小就在演，年纪越小本色演出更多一些。在许多的作品中，《家有外星人》中的唐不苦最像我自己。马小跳、小杨过，我自身或许多多少少也有他们的特质。

Q：青少年都"渴望自由"，正处于学生时代的你，是不是也

有过想挣脱老师家长束缚的叛逆期呢？（笑）

吴磊：叛逆期每个青少年应该都会有吧！"渴望自由"我也不例外的。因为工作的关系，演员嘛，演不同的角色，其实叛逆这个问题，在我的角色中已经体会过了……

Q：你怎么看待演戏这件事？

吴磊：每个人都有缓解压力的方式，我觉得演戏是一件很快乐的事情。偶尔遇上厌倦期，看电影、做运动都可以让我放松下来。

Angelababy：从公主到女王

Angelababy出道多年，她用自己的故事，展现出一个女孩成长的盎然姿态。

注：以下采访对话分别摘录自——

2013.10上《Angelababy：童话梦想，开满鲜花》

2016.12下《Angelababy：公主也曾披荆斩棘》

采访1

Q：听说你和外婆的感情特别好，成长过程中跟外婆有什么感人的故事？

Angelababy：我小时候在上海和外婆一起生活，所以我的童年记忆里外婆占据着很大的比重，那时她经常端着一大碗饭坐在弄堂门口喂我饭吃，后来我开始工作了，不能经常陪在她身边，我就一

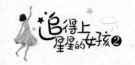

直在手机里存着我俩的合影，想她的时候就会拿出来看。外婆去世的时候我难过了很久，我觉得最大的遗憾就是没能在她身边陪伴，所以我现在经常会说要珍惜眼前人。

Q：你有着多重身份，演员、模特、歌手、品牌设计师、咖啡厅老板等，在这些角色中，你自己最喜欢哪一个？为什么？

Angelababy：我喜欢这些身份集一身的感觉（笑），我现在的重心集中在演戏上，但是其他的我也不想放弃，这些都是人生中难得的机会。看到朋友开咖啡店，我就开了，我觉得这是个慢慢学习的过程，十几岁刚从学校里走出来，学到的是人生的知识，做老板一定要亲力亲为才可以，人在二字头的年纪时是应该学习经验的。

Q：那么，你理想中的生活又是什么样子？

Angelababy：做自己喜欢的工作，能常常和家人在一起，有自己的小爱好。我现在就在做我喜欢的工作，虽然很辛苦，但我觉得给我带来的开心和收获更多，就是没有太多的时间和家人相处，因为大多数时候都是在接连工作，希望以后能多陪伴父母家人，让我离理想中的生活更近一步（笑）。

采访 2

Q：如今的你，拥有许多狂热的粉丝，那么少女时代的你又是怎么追星的呢？

Angelababy：我会买很多偶像的专辑，一天到晚循环播放。现在的我依然追星啊，比如权志龙，和以前一样，我会循环听他的专辑，而且再忙也会抽出时间去看他的演唱会哦！

Q：在中国人的传统观念里，女孩似乎就应该端庄、文静，然而《跑男》中的你表现得随性自然，大大咧咧，其实并不算传统意义上的"淑女"。对此，你怎么看？

Angelababy：我认为每个女孩都是独一无二的，没有那么多应该如何，不应该如何。以自己最舒服、最自在的状态生活，活得精彩就好！

宋威龙：每个男孩都有一个"英雄梦"

有时候我们感觉偶像离我们很遥远，是因为隔着舞台、屏幕和聚光灯。但回到现实中来，其实许多艺人私底下还是蛮"接地气儿"的，宋威龙就是这样一个大大咧咧的大男孩，喜欢演戏，喜欢潮流，也喜欢像所有普通男孩一样，做专属他的"英雄梦"。

注：以下采访对话摘录自2018.09下《宋威龙：少年梦想，如风飞驰》

Q：听说你9岁的时候，因为看了李连杰主演的电影《少林寺》，跑去少林寺学习武术。习武是件非常辛苦的事情，当时你那么小，是怎么坚持下来的？

宋威龙：当时年龄比较小吧，没想太多，跟父母软磨硬泡要去学武术。而且我比较要面子，去了以后就觉得一定要坚持下来，哈哈！

Q：这段习武经历如今给你的演艺事业带来了哪些影响？

宋威龙：小时候习武真的会磨炼心性，整个人好像一下变得能吃苦了，那是一段非常难忘的经历。

Q：你怎么看待自己的"英雄梦"？

宋威龙：我觉得其实每个男孩子心里都有一个英雄梦吧？演员这个职业的魅力就在于可以体验不同英雄的人生经历。

Q：从模特到演员的跨界会有一段心理适应期吧？再回头看，觉得自己现在有什么变化？

宋威龙：演技肯定是有所提高了。也知道以什么方式去进步，心态也开始慢慢变好，懂得如何调节工作和生活了。

Q：你觉得偶像和演员有什么区别？

宋威龙：偶像和演员其实没有本质的区别，只要业务能力够强，演员一样可以成为别人的偶像。

Q：给正在追逐梦想的年轻人送句祝福吧！

宋威龙：不要在意别人的眼光，只要认定了，就放心大胆地往前走，你可以的！

张艺兴：把喜欢的事情做到极致

《追得上星星的女孩》第一季上市以后，受到很多年轻女孩的喜欢。我在微博上曾收到过一个女孩的私信。她和我说，她就是因为她喜欢的人而激励自己，从而通过努力，最终考上了理想中的大学。她的偶像曾说"要把喜欢的事情做到极致"，她也要做到。

那个人就是张艺兴。

注：以下采访对话摘录自2016.06上《张艺兴：把梦想放在手心，就是最好的光阴》

Q：如果你变成女生，会喜欢自己这个类型的男孩吗？（眨眼状）

张艺兴：应该会吧。我觉得作为男人，只要孝顺有担当、能够为自己的梦想努力，就挺好的，所以如果我是女生，应该会喜欢我这样的男生。你们觉得呢？（卖萌脸）

Q：如果没有走演艺这条路，你觉得自己毕业后会从事什么职业？

张艺兴：我小时候其实就挺有跳舞的欲望的，所以，一路走来，还是在坚持自己喜欢的东西，包括做音乐、跳舞、主持、演戏，也是为自己的未来做更多的尝试吧。如果没有进入演艺圈的话，我想我应该会做幕后吧，比如作曲家，反正是不会和音乐分开的。

Q：听说练舞时为了能跳到最好，你全身都绑上了沙袋。你这么拼到底是为什么？

张艺兴：为了给自己一个交代，也为了不辜负爱我的人。那个时候我唯一的想法就是，尽自己最大的努力，无论结果如何，起码

我做到了我能达到的最好的状态，我不会后悔。没有人可以决定自己会有什么样的未来，但那些积累在身体上的感觉，决定了你站起来的那一刻，会是怎样的姿态，也决定了你未来站立的地方！

刘昊然：真正的男子汉，对待梦想有着不一样的执着

我想2015年的刘昊然不会想到，经年之后，在娱乐圈里被大家广为流传的除了他的影视作品之外，还有他那段奇妙的"搞笑音乐视频"。

今年，在某短视频平台上刘昊然唱的歌曲被广为流传。那魔性的声音令大家久久不能忘怀……（我写到这里，脑子里都仿佛有旋律。）但在演戏这件事上他从不含糊，很有自己的一套演绎法则和实力诠释。

注：以下采访对话摘录自2015.09上《刘昊然：100次放弃和101次坚持》

Q：外表看来，你明明是清秀俊逸的鲜肉少年，在《真正男子汉》里的亮相却让观众眼前一亮。毫无疑问，这是节目锻炼人的体力和心志的过程，有趣也辛苦，最初你是抱着什么样的想法来参加这个节目呢？

刘昊然：当时决定参加这个节目的初衷特别单纯，因为自己从小就是一个军事迷，很喜欢军事装备，听说这个节目可以接触到真枪真炮，就毫不犹豫地答应啦。

Q：你认为具备什么样的素质才是真正的男子汉？

刘昊然：我觉得坚韧不拔有担当是对真正男子汉素质的概括。在训练中咬着牙徒手坚持爬完了将近一百米的绳索，算"爷们儿"了吧！

Q：生活中真实的你会不会有搞笑的一面？（笑）

刘昊然：哈哈哈，其实在真实生活中我还是比较搞笑的，喜欢和同学朋友们开玩笑，算是比较活泼的，空闲时间喜欢听听歌，打打篮球，以及我极度嗜睡，睡觉对于我来说是排解压力的一个好方法。

Q：从青涩少年到如今大家交口称赞的有担当的男子汉，这个过程中，有没有什么事情是让你迅速蜕变成长的呢？

刘昊然：对于我来说让我迅速蜕变成长的很大一部分推动力是来自家人，家里除了爸爸妈妈，我还有一个大我11岁的姐姐，印象特别深的是高中二年级暑假放假回家，有一天偶然注意到了爸爸头上的白头发，当时心里特别难受，自己在北京读书无法陪在爸妈身边，而父母为自己日夜操劳，在那一瞬间觉得自己该长大了，要努力为家里做一些力所能及的事情了。

Q：你心目中真正的男子汉是谁？这个人在你的成长道路中起到了什么作用？

刘昊然：现在我心目中真正的男子汉就是部队里的这些军人，军人气质真的好不一样，他们身上坚韧不拔的品格特别值得我们这一代人学习。

Q：你内心一直向往的是什么样的生活？

刘昊然：其实我觉得简简单单的，做自己喜欢做的事情就是我最向往的生活。

鞠婧祎：所谓的"元气"，其实就是正能量

很多人形容鞠婧祎会用"元气"两个字。这个女孩给人的感觉就像小太阳，温暖，明亮，浑身散发着光芒。在她看来，其实所谓的元气，就是一个人由内而外散发出的精神气场。

注：以下采访对话摘录自2016.03上《鞠婧祎：在最好的年纪，遇见最真的你》

Q：你最初是怎么想到要去参加选秀，走演艺道路的呢？

鞠婧祎：因为原本也是学的和艺术挂钩的专业，当时的想法很简单，就是想以后有一个能让我去表演的舞台，就打算试一试，然后一直走到现在。

Q：出道以来，你有没有某一刻因为疲惫也好，困难也好，突然想放弃？遇到这样的时刻又是如何在逆境中寻找乐趣？

鞠婧祎：疲惫肯定会有，困难也是，但是真的没有想过放弃，我是一个对理想蛮执着的人。当然会有遇到挫折的时候，会有点挫败，自己看看综艺或者约朋友出去吃顿火锅就会缓和很多。

Q：大家都喜欢叫你"元气少女"，你觉得，她们口中的"元气"指的是什么？

鞠婧祎：我觉得"元气"是一种积极向上的精神状态吧，能带给别人正能量。

Q：之前有媒体把你评选为"4000年美女"，对于这个称呼，你自己怎么看？（笑）

鞠婧祎：无所谓喜欢与否，我觉得不过是一个昵称，虽然来源是翻译错误（笑），而我现在要做的就是继续努力，有自己的好作品，让大家记住我的名字"鞠婧祎"。

Q：你打算继续进军不同领域吗？

鞠婧祎：只要有机会，不管朝哪个方面发展都会好好努力，每一个机会都是学习的过程。

谭松韵：每个女孩，都能活成理想中的自己

最初对谭松韵的印象是《最好的我们》里的耿耿，后来一路见证她挑战了各种不同角色，她拍的《以家人之名》《锦衣之下》都是这几年的高口碑电视剧，而生活中的她因为真实、不做作而受到很多人喜欢。

做自己，就是最舒服的样子。

注：以下采访对话摘录自2016.06下《谭松韵：忠于内心，就

很快乐》

Q：你在生活中有什么"不为人知"的小怪癖？

谭松韵：说起来还真有一个，那就是——把厕所当我家。我每次回家第一件事就是上厕所，可能觉得厕所是属于我一个人的空间吧，当然，必须是家里或者自己住的酒店房间的厕所。

Q：关于童年，有什么有趣的故事可以分享给大家？

谭松韵：太多了，别的小姑娘小时候都是喜欢粉色啊洋娃娃啊什么的，我的记忆里却都是穿着背心裤衩跟我哥去游戏厅玩街机……

Q：是怎么想到要走演艺这条路的，有没有遇到过挫折与困难？

谭松韵：小时候看电视会跟着哭笑，自己也不知道那叫"演员"，我就想和他们一样在电视里出现。挫折和困难肯定会有，但我心态挺好，有时候拍完一部戏立刻转到下一部戏无法很快转换角色，感觉有心理障碍时，我会和经纪人谈心，她是一个很好的"心理医生"。

Q：你真实的校园生活大概是什么样子的？

谭松韵：我的校园生活比较循规蹈矩，我是个乖乖女，但会对爱情充满幻想……（偷笑）

Q：有人说，你的心里有着"打不倒"的韧性，这种心态是怎么养成的？

谭松韵：其实有被"打倒"过，但我一定会很快站起来的，大概是因为好胜心吧，我不喜欢丢人。

陈晓：愿我们不忘初心，走得坚定

我是人间惆怅客，知君何事泪纵横。

陈晓是我和茶编严格意义上合作采访的第一位明星，现在回头来看，当时的采访真是感动满满，陈晓对待每一个问题都特别特别认真。在这里分享给大家。希望我们每个人都不忘初心，面对梦想，更加坚定。

注：以下采访对话摘录自2013.08上《陈晓：如果我和世界不一样》

Q：从中戏毕业之后，你算出道蛮久的演员，实际上你并不是大家所认为的一炮而红，能说说你在演艺事业中特别难熬的时候，是怎么坚持下来的吗？

陈晓：我毕业之后，就没有太难熬的日子。很多人问我打酱油的我那段日子是如何挺过来的，但我并不觉得有什么，甚至觉得那段时间还挺享受的。我不断地和专业的演员、专业的班底学习，不断给自己制定目标，不断看到自己的进步，其实人在进步的阶段是一个很幸福的过程。如果说难熬，可能是上学的时候吧，大二时，我总去试镜，很多次我试得非常开心，副导演也夸我演得好，试镜回来就会觉得这个角色一定是我的了。可是之后并没有，于是就会失落，几次这样的经历，让我确实有点难过，多少有些怀疑自己是

不是不够好？但还好我天生乐观，这段时间还没有压倒我，拍戏的机会就来了。

Q：粉丝们都知道你特别喜欢动漫，那么你最喜欢哪位动漫人物，为什么？

陈晓：动漫人物，我蛮喜欢"犬夜叉"的，无论他经历什么，无论是苍凉还是冷漠，他还是那个纯真、热血的犬夜叉，这是一种梦想，也是一种坚持。

Q：看过你的画画水平，不像是单纯爱好那么简单，有上过专业的美术课吗？跟我们分享一下关于画画的经历吧！你觉得画画是否跟心性有关呢？

陈晓：过奖了，我确实原来学过美术。画画和打篮球是我决心要一直坚持的梦想，有时候画画会让我忘记时间，完全沉浸在那个安静的、纯净的世界中，很专注，非常美妙的感觉，也是我减压的方式之一。

Q：你觉得演戏是你的天赋更重要还是后天努力更重要？

陈晓：小时候确实是误打误撞开始演戏的，那时候很小，根本不懂怎么演戏，都是导演启发，只记得那时候我特别喜欢在剧组生活，觉得很开心，每天都像过节一样（笑）。现在的话，天赋有一些，但后天的专业学习和努力更多啦。

Q：你的座右铭很特别，"上善若水"，为什么喜欢这句话？是在演艺圈遇到怎样的经历才有感而发的吗？

陈晓："上善若水"的意思是说，人最高境界的善行像水一样，厚泽万物而不争名夺利。现在的社会有很多的诱惑、很多的所谓的机会与机遇，我希望自己能有平和的心态，不去计较太多，坚持自己所坚持的，善待他人，善待自己。算是对自己的一个要求，或者说，不被大环境改变，就是我改变世界的方式吧（笑）。

Q：在演艺圈，要如何保持初心呢？

陈晓：我觉得人的很多欲望、很多不满足，都是因比较而来的，尤其是和其他人的比较。有位体育老师跟我说过，不要和其他人比较，眼睛看在他人身上就会乱了自己的节奏，我觉得很有道理。直到今天，我也不会去和其他人比较，我只要努力让明天的自己比昨天的自己更好就可以了，这样可以简单一些，也更容易做原本的自己。

让追星，成为有意义的事

——"毕业后公益基金"创始人刘楠鑫专访手记

人的影响短暂而微弱，而爱的影响广泛而深远。

早前在微博上看到"毕业后公益基金"一直致力于为乡村小学提供优质课外读物，并联合多位艺人、企业和明星粉丝团，及社会爱心人士，为偏远地区的留守儿童输送课外读物，同时从心理建设方面向青少年传递美好正能量价值观，这与《追得上星星的女孩②》这本书的精神内核不谋而合。

公益不只是一句口号，更是一种责任和生活方式。所以在写这本书期间，我们采访了"毕业后公益基金"创始人刘楠鑫老师，他是一位励志、有独立思考能力的90后，希望通过自己所做的公益事业和我们这本书，将每个人心底的温暖与力量，传承下去。

那么，在"毕业后公益基金"联合粉丝团做公益的过程中，他所接触到的真实追星女孩是什么样子的呢？

Q：您好，方便介绍下"毕业后公益基金"这个公益机构吗？

刘楠鑫：这个组织是在五年前，当时我读大二，联合500名大学生共同发起的。当时作为一位学生的我，没钱、没资源，所以就想以"捐赠课外读物"的形式来号召大家做公益，从早期到现在，我们始终在关注乡村留守儿童的两大问题，一是孩子们的教育，希望可以提供更多实质性帮助，二是关注孩子们的健康成长，助力心智建设。

发展到今天，"毕业后公益基金"成为共青团广东省委下设广东省青少年发展基金会成立的专项基金，是一家致力于为乡村小学提供优质课外读物的公益机构。

这些年来，我们一直致力于为祖国乡村小学提供健康、向上的课外读物，通过不断探索，创立了声势浩大的"十百千"美好未来工程（"千图计划""美好应援计划""振兴乡村阅读计划"），改善了乡村小学阅读条件，提升了乡村孩子阅读品质，助力了国家义务教育均衡发展和乡村心智文化振兴。

目前已联合65位知名艺人、365家知名企业、1000余家明星粉丝团、10000余家爱心单位、40万志愿者、110万爱心人士撬动7000万公益价值，为国内偏远地区乡村小学建立1488间公益图书室，输送精准课外读物达240万册，帮扶35万留守儿童心智健康成长，是国内支持乡村教育公益领域发展速度最快，规模和影响力最大的公益组织之一。

Q：在做"毕业后公益基金"的过程中，您有遇到什么困难吗？

刘楠鑫：可以说，创业该遇到的困难，我们都遇到了，主要有三大方面。

第一，心理挑战。我从大二开始就投入做公益，但随着临近毕业，很多人从大三开始实习、考研、准备找工作，而那时的我就坚定自己想要去全职做公益，因为选择的路线和绝大多数人大相径庭，面对这种"非营利性创业"，其实最大的挑战是心理素质。我家庭条件很一般，如何依靠自己的能力和努力把这件事情坚持下来，是最初的我遇到的最大问题。需要极大的信念支撑。第二，团队凝聚力。随着慢慢有许多小伙伴加入组织，也更考验团队凝聚力。因为从事公益项目，很难给到大家足够高的薪资。不过我们团队里的大部分成员都是在农村留守过的，帮助孩子们，就仿佛在帮助儿时的自己，所以非常能理解做这件事的意义，更加感同身受。目前团队非常稳定，大家齐心协力做公益。第三，投资压力。其实，"做慈善的人不一定很有钱"。我们都是靠自己打拼，靠这个社会上的许多爱心人士，才能够坚持下来，这也是未来我们会努力的地方，希望在创造价值的同时可以把团队养活好。

Q：您当初为什么要创办这个机构？和您个人的成长背景有没有关联？

刘楠鑫：因为我从小生活在边远山区，2014年考上广州大学以后，见识到了大学图书馆的宏伟壮观之后，就一直琢磨着能在自己家乡的山村学校建立一座公益图书馆，想为家乡做一些事情，想为更多"留守儿童的家乡"做些事情。

Q：为什么选择用"阅读与书"作为链接年轻人的爱心公益？

刘楠鑫：我还记得小时候自己的第一本课外书，是从校长那里"偷来的"，它叫《阿凡提的故事》，这本书对我人生的影响很大，我希望自己能够像阿凡提一样活得乐观。在早期没钱、没资源、没技术，没全职团队，没办公地点的情况下，"书"是最简单的公益形式，捐课外读物更简单。当然，最重要的是我觉得，在振兴乡村这件事上，其他一切的工作都只是物理建设，只有让孩子们读书、增长见识才是真正的"心理建设"。

Q：在为偏远地区的同学们捐赠课外读物，这个过程中，最触动您的是什么？

刘楠鑫：我记得在2018年10月份，我们去云南昭通一所小学做回访。因为在2016年我们在那边建设了一个公益图书室，回访时，老师给我们讲，说有一个读四年级的孩子，家庭情况比较特殊，爷爷奶奶去世了，父母都不在身边，是留守儿童里家庭条件特别困难的。这个孩子从小就给自己做饭，很多食材都是靠邻居时不时送一点接济活下来的，自己家的那个小房子既是卧室也是厨房。当学校里有了图书室以后，他就经常泡在里面，他特别喜欢阅读。生活虽然清贫，但读书给了他弥足珍贵的幸福感。这个小孩也给了我很大力量，让我意识到，我们所做的公益，可以成为留守儿童去抵抗生活困境的一种生活方式，是向上的，激励人心的。

Q：真的很感动，我们都相信爱的力量就是，普通的改变，将改变普通。

刘楠鑫：还有一个故事也令我很感动。2018年，我们在湖南一所学校做了图书室捐赠，当时还联合蔡徐坤的全球后援会在微博上发起了直播。直播过程中，在荧幕上，有个网友留言说，能不能把镜头对准角落里的小女孩，当时他说那是他的小女儿。我们都觉得很神奇，因为这位爸爸是在外地打工，无意中刷微博，不知道怎么进了直播间，然后就有了接下来的这一幕。是公益的力量，也是互联网的力量，更是爱的加持。这位在外打工的爸爸和当地留守的小女孩，就在屏幕里，以这样的方式相遇。

类似这样的故事很多，都很温暖。记得在2017年暑假时，我们有一个志愿团队，在广东汕头市某所高中门口摆摊募集课外读物，当时从绿化带走过来的一个叔叔，像拾荒的，手里拿着一些空瓶子，我们志愿者以为来和我们"抢生意"（收书），没有想到，他从口袋里拿出了100块钱，带着泥巴的钱，捐物之后就走了。那张照片至今还存在我手机里。

普通人的力量，真的很温暖也很强大。

Q：有看到"毕业后公益基金"发起的支持"美好应援计划"，其中不乏许多爱心粉丝传递追星正能量，您记忆中有没有比较深刻的故事？可以在这里分享一下。

刘楠鑫：其实说起"公益追星"，真正接触到明星和粉丝群体，是在2016年我读大三的时候，我有一个师妹，那段时间经常来找我（笑），我以为是自己的桃花运来了，结果是当时她在经营着一个"粉丝站"，对娱乐圈，我并不了解，我对于追星的浅薄理解还停留在学校门口礼品店里的"明信片"，我有点忐忑，但师妹很执着，在她的鼓励下，我们第一次和粉丝团展开了公益图书室合作。没有想到效率非常高，一周内我们就建设出一个图书室。

其实，那些正能量追星的女孩真的都很真诚，她们在给孩子们捐的书里，每个人都写了一张小字条，上面写着暖心的祝福语。那次之后，我们开始和粉丝团大范围合作，也有很多感人故事。

Q：和《追得上星星的女孩②》这本书想要传达的一样，都是鼓励大家在追星路上更要追逐自己想要的人生。

刘楠鑫：是呀！老实说，我们公益机构不是真正的大机构，但能够身体力行地用自己的力量带动一些青少年做公益，传播正确价值观，弘扬向上追星，对我来说就很有意义。

Q：您个人怎么看待青少年追星？

刘楠鑫：以前我比较"直男"，确实不太理解追星女孩们，为什么要去喜欢一个荧幕上的人？但这几年真正接触过她们以后，也在不断请教追星的朋友，我开始理解，其实青少年追星这件事情的本质是向上的，人总要相信美好的事物，从"偶像"的身上看到一些发光的地方，和我们欣赏一位老师、一位前辈、一位身边的朋友没什么区别。有一个故事不知道你听过没？我在工作上也接触到了很多粉丝，了解到有一个女孩以前读书没有动力，后来她喜欢的偶像苏妙玲回复了她的信件，然后她就发愤图强地学习，最终考上了北大。追星的本质，是在追逐美好的人生。值得注意的是，一定要"有限度、理性"，加强个人独立思考能力。

Q：在您看来，偶像对青少年有怎样的影响？又该怎样身体力行地去影响粉丝？

刘楠鑫：当一个人被当作"偶像"的时候，首先要考虑到一种责任感，偶像的一言一行都可能影响到一群人。所以在我看来，偶像的本质是要"做好自己"。你不能失去自我，不能被市场和资本绑架，更要提升自己的实力，传递出真实而美好的那面。

Q："毕业后公益基金"一直倡导的价值观是：向善追星。这个"善"该怎么更好地理解，可以理解为希望更多粉丝做善事、行善行、积极向上地去面对人生吗？

刘楠鑫：对，其实就是用公益的方式去表达爱。偶像的光和热，照亮了很多人。普通的粉丝也可以照亮更多人。我们要学会去爱别人，同时要运用这种善意和自己和解。

Q：这些年的公益事业，给您的人生带来怎样的改变？

刘楠鑫：它让我变得更有善意，在面对困难的时候更有勇气，从身边到远方，我愿意用自己的全部青春去为公益事业而努力。

Q：每个年轻人或许都有过迷茫的时候。其实每一代人在社会进程中，都曾经面对过不同形式的迷惘和无力感。如何与自我和解是个长效话题，您有哪些好方法，推荐给当下的年轻人？

刘楠鑫：我有三个建议。第一，越是迷茫越要做事，找到一点成就感，不能沉溺于胡思乱想。第二，可以转化思路，尽量把目光放得更长远，不要被眼前的困难一叶障目，要看到远方的星辰大海。第三，我非常建议在成长过程中，结交比自己优秀的朋友，追星是其中一种方式。当你的灵魂感到孤独的时候，你会抓住一道光，循光而走，更为坚定。

Q：知识改变命运，爱心传递温情，对于"毕业后公益基金"的未来，您有哪些美好的期待？

刘楠鑫：五年的时间里，我们从一个"摆摊的小团队"到今天的颇具规模和影响力的组织，星星之火可以燎原，我要做的就是把更多喜欢公益和愿意为之尽力的人聚拢在一起。接下来我希望针对孩子们，可以提供更精细化运营的服务，而面对"毕业后公益基金"的发展，也希望拓展更多支持和资源，让年轻人拥有更大动力。说到这里不得不提，90后、95后，乃至00后这些年轻人的热血和善意。我们合作的很多学校老师现在都比较年轻，他们在听到我们做的事情之后，有些会自动加入做志愿者。之前有个暑假，湖南一所学校的校长，特意从长沙飞到广州，只为帮忙去仓库里整理全国各地捐赠过来的书籍，默默付出了七天，又回到自己的城市。

瞧，虽然我们很平凡，但都能用自己的力量去为这个社会做贡献。我的三观，"毕业后公益基金"的三观，都是被善良、勇敢、热情的志愿者们凝聚起来的。

Q：《阿甘正传》里有句话特别好，"我知道我不够聪明，但是我知道爱在什么地方"，最后，请您对阅读我们这本书的读者说点"爱的祝福"吧。

刘楠鑫：作为一个年轻人，我一来非常希望在这个信息泛滥的时代里，大家可以静下心来读一些纸质读物，塑造自己的世界观。二来，做公益这些年，我始终强调，青少年正是追逐梦想的时候，要找到属于自己的心之所向，抓住那道光，去追逐自己想要的人生吧。无论遇到什么困难都不可怕，只要你坚持下来，青春之花，终将绽放。

先学会爱己，然后爱人
——《追得上星星的女孩②》后记

  老实说，我没有想到《追得上星星的女孩》会得到这么多追星女孩的关注。

  第一部上市后，粉丝们争相在各大社交媒体和短视频平台分享这本书带给她们的力量。每一个帖子、短视频评论区都有人络绎不绝分享着属于自己的追星故事，她们赤诚、热情，对于梦想和生活，对于偶像与自己，都有着不同的见解。

  偶像与粉丝之间的关系，应该是自由的、正能量的，彼此为对方的人生祝福，为自己的人生努力。

  爱一个人，会让你变得更好。

  如果一个人在爱里变得沉沦、盲目、叛逆，变得一叶障目，不像自己，那这样的爱本身就是不健康的。

  比起第一部，我在写《追得上星星的女孩②》的过程中，会更加谨慎和自省，我的微博私信就像读者朋友们的"心情树洞"一样，很多粉丝跟我分享自己在追星过程中的快乐或迷茫，当然也有少部分"为爱迷失"的故事，追星追到丢了自己。

  我想说，偶像的存在是为了让我们更好地看见"我的存在"。

  那个人原本也只是世间再寻常不过的一朵玫瑰花，在夜空中闪烁的无数繁星中之一，是因为你的注视，才变得格外熠熠生辉。

爱是有次第的，要先学会爱己，然后爱人。

几天前，我收到一位读者母亲的来信，信上说，她女儿今年读初三，喜欢的明星是国内某个团的成员。过去面对女儿追星这件事，她非常不理解，总觉得女儿是在喜欢一个"想象中的人"，因此两代人的代沟逐渐加深，和女儿很难正常沟通，要么不说话，要么一说话就剑拔弩张。

面对追星的女儿，这位母亲一度感到不知所措。

直到她无意间看到女儿在抄写《追得上星星的女孩》里面的句子，她本想像往常一样骂女儿一句"不务正业"，可看到那句"因为你，我想成为更好的自己"，她突然被戳中了，想和女儿好好聊聊。女儿见她并没有生气，鼓起勇气开始和她分享书中所表达的，以及她偶像的故事。

她说，在她面对厚厚的习题和考试压力时，会想到她喜欢的少年正在舞蹈室里为了梦想反复练习，从而鼓励她也要努力；在她和家人朋友闹别扭不开心时，会想到那个人也曾经历过"一个人的孤独"吧，从而变得释怀；在她每次迷茫、找不到方向的时候，想到偶像明朗的笑容，就会觉得成长也没有自己想象中那么痛苦。

"也许你不理解，可他真的带给我很多力量。"紧接着，女儿又问她，"妈，你有过偶像吗？"

爱是一种连带着慈悲的同理心。

回忆起自己的青春期，这位母亲虽然并没有"追星"，但是也崇拜过优秀的人。虽然社会环境在改变，但人在特定年龄阶段的状态是不会改变的。

严格意义上，我们每个人都曾经追过星。那个人可能是歌手，是演员，是作家，也可能是一位德高望重的老师，你身边某个优秀的同龄朋友，说到底，追星追的不过是"我们理想中的自己"。

一个人想要变得优秀有什么错呢？那天夜里，母女促膝长谈，在月光下肆意分享着自己的心里话。

这一场母女间"迟到的和解"，或许就是我写这本书的意义吧。

有意思的是，这位母亲在一周后私信我，骄傲地说给女儿准备的毕业礼物是她偶像的周边，还问我："如果我举着她偶像的应援牌子去接她出考场怎么样？"

真是对可爱的母女啊！正如我写这本书一样，你不知道自己什么时候写的文字、说的话，小小的善意举动，会对这个世界产生一点点微妙的改变。

人生就像一个不断"埋彩蛋"的过程。我们离那个发光的人越来越近，在未来，或许我们也会成为照亮别人的光。

最好的应援，是用努力为彼此的成长加冕。

最好的周边，是相遇后，你带给我开阔的眼界。

全力以赴自己想要的人生，即便行在沼泽，也要心怀星空。

最后，用三个词语来总结这本书想要传递的价值观，就是"理智追星""共同成长""一起变好"——我们在向光而去的过程中，亦是在朝着更好的人生而去。

（声明：为保护个人隐私，文章中部分被采访粉丝用了化名，感谢所有读者的支持，祝您阅读愉快。）

闫晓雨

写于2021年7月